兩岸關係──陳水扁的大陸政策

邵宗海◎著

序

在撰寫兩岸關係相關的書籍時，總覺得臺北的「大陸政策」是很難能立即整理成章的部分，或許過去很多人認爲「國統綱領」是大陸政策，其實「國統綱領」只是臺北大陸政策的重要依據，但是，它卻不能等同於大陸政策，因爲尚有其他文件，例如，「一個中國意涵」、「李六條」、「兩岸人民關係條例」等等涵蓋在內才算完整。等到在政大中山所開了「大陸政策的發展與評估」這門課時，更是發現大陸政策所涵蓋的範圍不僅廣泛而且複雜，由國家元首或行政首長所發布的文告、聲明，或重要談話，固然就是政策的一部分外，而且，相關的政策機構主管在記者會及立院答詢時所發表示的立場，有時也可能構成政策的一部分。當然與兩岸關係相關的法令與重要議案，更是所謂的政策。因此在授課時，往往最困擾的便是立場聲明算不算是政策，譬如說「戒急用忍」及「特殊國與國關係」的看法，再進一步說，若沒有相關法令的支持與配合的宣示又算不算是政策？譬如說「特殊國與國關係」的主張，這些都需要再三的查證之後才能把它定位在政策的層面。

而且，更令人感到需要的，便是一些重要的聲明、文告、節慶及場合的談話，甚至在記者會中所發表的看法與立場宣示，由於他們就有可能成爲大陸政策的一部分，所以，這些重要文件便是尋求政策構成來源的依據。但是，長久以來，由於這些文件散落在政府網站、報紙舊檔，以及一些已散發過的宣傳小冊上，一旦要統籌運用，收集上就是一種困難。在「大陸政策發展與評估」這門課程裡，常常有同學們為收集相關的文件資料，因為不是非常順利而感到苦不堪言。因此，要把相關文件，以及政策配合之法令依據，一一收集成冊，固是一份不易的工作，但卻是必須經歷的過程。

就在思考如何將1987年兩岸展開交流以來，政府各階層首長發表過一些文件，以及立法院通過的一些相關法令與議案，準備予以成冊，並加以分析與評估時，臺灣卻經驗了前所未有的「政策輪替」結局。一向主張臺灣應該獨立建國的民進黨贏得了總統大選，獲得了執政的地位，那麼過去由國民黨主政時期基本上主張國家統一的大陸政策，是不是就受到了影響與衝擊？加上陳水扁就職總統一年多以來，特別在兩岸關係層面上所持的立場始終模糊不清，所發表的政策宣示又有各方解讀不同的結論出現，所以要解析民進黨政府或陳水扁團隊的大陸政策，就變成了現階段兩岸關係研究最重要而且不可缺少的課題。也就在這個時候，最近出版不少有關兩岸關係書籍的揚智出版社，在看過作者曾經在一場學術研究會發表過一篇有關解析陳水扁大陸政策的論文後，便建議是否可再加以擴充內容以整理成書。於是一方面是因應現實環境的需求，另方面也是覺得自己一直有撰寫整個大陸政策的計畫，既然一下無法整理完所有資料，不妨就2000年5月20日陳水扁就任總統之後的大陸政策作爲研究對象。所以在八月赴哈佛擔任訪問學者之前，幾乎日以繼夜的伏案桌上，蒐集資料，評估並分析相關文件，雖然新書最後終順利完成，但已是作者就教政大以來最忙碌的一個暑假。

撰寫過程裡，最感謝的是助理馮瑞傑的協助，陪同我一起走過那段蠻算辛苦的寫作時間。他既要在我完成每一章節時就幫忙打成文字進入電腦，也要在我搜尋資料時，一起像熱鍋中螞蟻一樣地焦急奔竄在網站、報堆以及許多期刊文章與書籍中。有很多委屈讓他承受是我在完書之後最感到過意不去的地方，但我也告知他這樣的配合與付出，可能讓他在學術研究與資料蒐集方面同時提昇了自己不少程度。

當然，匆促出書，錯誤難免，我誠摯的希望學術界的先進能給予強力指正，並希望這本書的即時出版，能在兩岸關係的大陸政策部分提供這個領域相關研究者與有興趣者一些較新的參考資料。

邵宗海

書于美國哈佛大學

目錄

第一章
緒論

第一節 大陸政策的歷史回顧

在1987年臺北當局正式同意居住在臺灣地區的居民可以合法地前往中國大陸探親，進而展開兩岸熱烈交流之前，中華民國政府是否已有制定對彼岸採取一套完善的政策與回應措施，應該會有不同看法的爭議。

這爭議中最重要的焦點，便是臺北當局在正式開放探親之前，有沒有那麼強烈需求的背景，需要政府必須訂定法律條文，制定法案，以及採取一連串措施來因應當時兩岸仍處於隔絕與對立的情況？就廣義來說，自1949年之後，兩岸互不往來，幾乎不曾產生任何互動的前例，當然就談不上所謂「政策制定」的需要性。不過，就狹義來說，中共自政府遷臺之後，就不曾歇斷的對臺灣採軍事用武，或統戰干擾，臺北爲了因應這些持續不停的挑戰，當然會有其應有的原則與立場宣示。如果這樣的宣示也可視作是政策因應的制定，那麼1987年之前，中華民國政府基本上仍有大陸政策的痕跡。

臺灣大學蔡政文教授與東吳大學林嘉誠合著的《臺海兩岸政治關係》一書裡，是將1987年之前的國府大陸政策，分成二個時期來說明：

一、1949年中華民國遷往臺灣，到1978年中共與美國正式建立外交關係爲止，這段期間的政策又可分三個階段來說明：

（一）民國39年到民國50年，政府由於遷臺不久，與中共不共戴天，矢志消滅中共政權。

（二）民國50年到民國60年，本質上政策延續前一時期，對於中共政權仍然口誅筆伐，尤其是共產體制與文化大革命，不過由於國際體系改爲和平競賽，武力反攻可能性降低，強調政治反攻，結合大陸反共力量內外結合。

（3）民國60年到民國67年，由於內外客觀環境變化甚大，除了繼續禁止民眾與中共政權接觸之外，並批駁國際姑息逆流，要求全民團結處變不驚，指出中共內鬥不停，正義終必戰勝邪惡，反共復國決心絕不可動搖。

二、1979年中共發布人代會「告臺灣同胞書」，到1987年中華民國政府同意開放大陸探親止，綜合此一階段中華民國對中國大陸的政策，與前一時期有甚大改變，究其原因在於國內外條件均已變化。政府改以三民主義統一中國代替反共復國，也不言及武力反攻，改以三民主義的政治反攻· 在民意的要求，以及基於人道考慮之下，兩岸民族打破隔離，開始局部交流。[1]

但是，以時期來區分固然可將1987年之前的國府大陸政策分成幾個階段來說明，不過也難清楚分際大陸政策推動的進程。基本上在此之前中華民國政府對彼岸之措施，是不認同或不承認對方合理合法的存在爲前提，所以對中共當局的政策處理，也就沒有需要一定合理的程序，因此若將1987年之後對大陸所採行的措施必須經過立法過程或受到國會監督，並有專責機構在負責推動執行的經驗來比較，就會清晰的感受到1987年之前的「大陸政策」，與其說是政策，還不如說是一些原則、立場與政治口號的宣示而已。

最具體說明這些現象的，是1949年政府遷臺之後，對大陸採取了「反共抗俄，復國必成」或「反攻大陸」的立場，對國際社會則堅持了「漢賊不兩立」的原則。這樣的立場與原則至少在官方的文書與聲明裡，幾乎維繫了近四十年的時間，直至臺北宣布大陸探親措施開放之後始有鬆動現象。

不過，在對大陸所採的政治立場方面，這個期間內還是有所變化，譬如說，抗俄的立場在稍後政府宣導的口號中逐漸褪色，所宣示的口號就變成了「反共必勝，建國必成」。而後，當感到武力來完成反攻大陸的目標有其不切實際的奢望時，先總統　蔣公又另行倡導「七分政治，三分軍事」來振奮士氣，這樣政治重於軍事的反攻大陸論，遂在60年代末期開始取代往昔軍事完成復國任務的認知。到了80年代初期，臺北再喊出「三民主義統一中國」的主張，期許以意識型態之爭來取代以往的武力抗衡之爭，但是要完成反攻復國神聖目標的立場則是始終沒有動搖過。

至於對國際社會所採取的原則「漢賊不兩立」，在動員戡亂時期宣告終止之前，中華民國政府倒是自始至終堅守這樣的立場．即使1971年退出聯合國之後，臺北還是維持不變的主張．任何一個有邦交的國家，只要與北京建立起外交關係，臺北隨即斷絕與其正常往來，至於其他與北京有邦交的國家，有意外交承認臺北，對中華民國來說，如果沒有與北京斷絕邦交在先，則絕不會與其全面建立外交關係．這種原則的堅持，不僅無從建立兩個中國雙重承認的模式，而且一個中國的原則也就是兩岸各自堅持本身是唯一正統合法中國政府的看法，在過去這段期間也從來不曾被質疑過。

等到80年代中期，由於中共統戰手法日殷，加上海外親臺北的愛國僑社也受到波及，中華民國政府在面臨新環境的衝擊之下，開始展開對北京一波又一波的回應。不過這種回應，基本上仍持消極被動的態度，或者說，是採取一種「水來土掩，兵來將擋」的僵化手法。譬如當時宣示不接觸、不談判、不妥協的「三不原則」，與另一種不通航、不通商、不通郵的「三不政策」，都是以被動或排拒的方式，來因應自1979年之後，中共一連串採取要求「黨對黨談判」，以及三通四流的統戰喊話。這樣的立場，寧願說它是種態度的表明遠超過它是個政策的宣示，竟然也在臺灣社會從最初是共鳴的情況到稍後是質疑的現象下，一直維持到目前的階段。

民國76年（1987年）7月15日，臺北當局正式解除了長達39年的戒嚴令，並以國安法代之。這樣政策上的鬆綁，帶來了許多過去視爲禁忌的兩岸民間接觸，另外也產生了迫切另行立法來規範新現象所帶來的問題。這段期間至少有些兩岸交流的雛型已經開始形成，譬如在國人赴港澳觀光的限制解除後，已有國人順道前往中國大陸探親，部分大陸出版品及大陸圖案文物錄影帶擬在臺灣出售；以及經濟部同意兩岸可進行間接貿易，大陸的產品與原料部分也被允許進口。

自此以後，兩岸關係開始進入一個新的階段，而大陸政策制定也益見有其需求性。自民國76起，我們可以見到一些重大的政策宣告，導致了大陸政策的不斷增強與補充，下面便是三個重要的過程敘述：

首先是民國76年（1987年）7月2日，中華民國政府正式宣告開放大陸探親，接著便展開一連串有關大陸政策的制定機構與法案依循之完成。民國77年7月，執政的國民黨十三全大會通過「現階段大陸政策」，並在執政黨中央成立「大陸工作指導小組」，行政院則設置「大陸工作會報」，協調處理各部會有關大陸事務，79年10月，總統府設置「國家統一委員會」，成爲國家統一大政方針的諮詢與研究機構。80年1月，行政院將「大陸工作會報」改組爲「大陸委員會」，成爲統籌政府大陸工作的專責機構。政府結合民間力量籌設的中介團體——財團法人海峽交流基金會——正式成立，成爲政府唯一授權處理涉及公權力兩岸事務的民間中介團體。

另外，同年2月23日，國統會第三次會議通過「國家統一綱領」，使得國家整個未來走向有了目標依據，等到次年（民國81年）9月正式施行「臺灣地區與大陸地區人民關係條例」，得以建立起兩岸人民之往來及解決所衍生之各種法律事件的規範。至此，政府主管大陸工作的決策執行體系益臻完備。而陸委會也承認，這是大陸政策的奠基時期。民國82年10月，時任陸委會主委黃昆輝曾說：「從兩岸關係發展歷程來看，可將民國80年視爲關鍵轉捩點，之前，兩岸關係處於隔絕與對立，雖有試探交流，仍缺政策方向；80年國統綱領頒布施行與81年兩岸關係條例暨施行細則制定施行以後，兩岸關係逐漸呈現了由隔絕走向交流；由對立走向和緩；由紛亂摸索走向制度與理性的發展。」[2]

其次，是民國80年5月1日臺北當局正式終止動員戡亂時期，明確的向北京與國際社會宣布中華民國將排除以武力做爲達成統一的手段；同時也認同中共爲有效統治大陸地區的政治實體。這項政策，依陸委會的評價，「不僅有效降低兩岸軍事衝突的機會，更凸顯中共相關政策不符合兩岸的政治現實與民族道義」。[3]而且，面對兩岸分裂分治的事實，以及避免中共刻意矮化的企圖，臺北在民國83年7月發表「臺海兩岸關係說明書」，也詳細闡釋「一個國家，兩個對等政治實體」的主張，來合理定位兩岸關係。

最後，由於開放人道探親而衍生的兩岸多方的交流，臺北當局也積極推動規範法制化工作，除了先後完成「兩岸人民關係條例」與「港澳關係條例」之外，也擬訂了各種文教、經貿交流的管理規章· 另外自1993年辜汪會談確定制度化協商管道以來，雖有波折甚至現階段尚在中斷局面，不過在過去一段期間，至少在1995年4月8日李登輝發表李六條之前，按照陸委會的說法：兩岸制度化協商管道的運作尚稱順利，協商亦能按時舉行。[4]

1995年6月李登輝前往美國康乃爾大學訪問，使得兩岸維持多年的協商管道終於中斷。這時候的臺北大陸政策，也開始有一種與其之前稍有調正的痕跡，特別是1996年3月臺灣舉行第一次總統普選後，當時得到百分之五十四選票支持的李登輝，在就職演講之時，已告知臺灣人民「民之所欲，常在我心」，他會全力以赴，達成付託。因此在演說中他是提出「經營大臺灣，建立新中原」，並且先確定「中華民國本來就是一個主權獨立國家」，然後說明「海峽兩岸因爲歷史因素，而隔海分治，乃是事實」。[5]於是1997年2月新聞局提出「一個分治中國」的說帖，就是依據李登輝的這樣看法而來。再稍後，李登輝的大陸政策觀點更加突出，1999年5月出版的《臺灣的主張》一書中他就將臺灣定位爲「在臺灣的中華民國」，認爲「在臺灣的中華民國」具有國家的主權性，也保持了主權獨立。[6]最後則於1999年7月，在接受德國之聲訪問時，李登輝終於說出「自1991年修憲以來，已將兩岸關係定位在國家與國家，至少是特殊的國與國的關係。」[7]至此，兩岸關係宣告全面破裂。

第二節 政黨輪替之後

二〇〇〇年中華民國總統大選，在臺灣曾經執政超過五十年的國民黨輸掉了政權，陳水扁則贏得大選勝利，並把成立只有十四年的民主進步黨推上「執政」的地位。這種「政黨輪替」的民主政治，在西方國家本就視爲「普通現象」，但在臺灣，由於國民黨長期執政，雖然民眾屢有怨言，但對其仍有依賴之心，一旦政局「變天」，臺灣人民還是有不適應症出現。加上民進黨黨綱一向力主臺灣應追求獨立建國，因此「換人做做看」的結果，反而引發了臺灣人民最大的隱痛，那就是憂慮「原本已成僵持狀況的兩岸關係」會否因而更加惡化，甚至導致有軍事威脅的危機。

不過，陳水扁當選總統一年來的兩岸關係，情勢似乎就如他在2001年5月18日就職一週年電視談話中所言：「回想去年三一八與五二〇之前，臺海兩岸的關係曾經高度緊張，詭譎不安，許多人也不看好新政府處理兩岸關係的能力。但是，一年來，儘管對岸從來不願讓新政府得分，但是我們從來沒有失分」。[8]也有學者型的官員湊合的說，「在去年總統大選期間，許多人認爲兩岸關係問題是民進黨及總統候選人陳水扁的罩門，他們沒有能力處理，這種判斷是錯誤的。事實證明一年來，穩定兩岸關係是民進黨政府各項施政中最主要的貢獻之一。儘管兩岸關係沒太大的突破，但也沒有惡化，更沒有退步。各種民調也顯示，兩岸關係問題不再是大家所擔心的事情」。[9]但是，這樣的說法，臺灣內部還是有些人持不同於上述這位學者型官員的看法，不過，在本論文中不予列舉討論。另外他所說的各種民調顯示臺灣人民不再擔心兩岸關係問題的看法，從幾份民調顯示，顯然他並沒有正確的告知還是有超過三成以上的比例不滿意或不支持陳水扁的兩岸關係處理方式。[10]加上北京已多次向臺北提出警告，兩岸關係目前仍然處於暗潮洶湧的情況，緊張情勢未獲緩解。[11]而且，自民進黨執政一年後，大陸便不斷讓軍演消息曝光，而2001年6月上旬在東山島的一項軍事演習，不但被美國國防部形容爲中共近年以來規模最大的一次，而且香港媒體直指這項演習主要對象就是臺灣本島。[12]

當然，兩岸關係自民進黨執政以來形式上沒有進一步惡化，至少可在現實狀況中是如此解讀。即是有類如東山島的軍演，也被北京當局解釋爲中共年度的軍事演習而淡化之。[13]況且在國民黨主政的時代不僅對岸軍演也持續不斷，而且曾經有過九五與九六年兩次的導彈演習，當時在臺海所引起的緊張情勢，也遠超過目前的兩岸現況。但是，對這樣的兩岸關係沒有進一步惡化情勢的解讀，若是認爲是扁政府執政團隊的功績，當就有爭議的空間，而且對於政策推展的解說只從消極、被動層面來評估，也有更大置喙的餘地。因此，在討論陳水扁執政一年之後的兩岸關係走向，當會出現有各種層面的剖析，來研判未來各種發展的可能性。

但是，探討現階段的兩岸關係，則必須先從陳水扁的大陸政策解析做起。這原因無它，主要是因爲不僅北京與臺北當局對阿扁的大陸政策會有不同的看法，即使臺灣內部朝野之間也有對他的政策有迥異的解讀，所以，若把陳水扁的大陸政策放在不同的定位去說明，很可能就有相異的結論。因此，若求正確研判未來兩岸關係的走向，就只有深入地解析陳水扁的大陸政策。

註釋

1.蔡政文、林嘉誠，《臺海兩岸政治關係》，臺北：國家政策研究資料中心，民國78年7月15日出版，頁118-141。

2.黃昆輝，《大陸政策與兩岸關係》，行政院大陸委員會所印行的小冊，民國80年10月出版，頁2。

3.蕭萬長，《兩岸關係之回顧與前瞻》，民國84年4月8日在第三屆國統會上第一次會議上所作的報告，頁6-7。

4.同上註，頁8。

5.請參考中華民國第九任總統就職演說全文。

6.李登輝，《臺灣的主張》，臺北：遠流出版事業股份有限公司，1999年5月20日，初版一刷，頁240。

7.「李總統登輝，特殊國與國關係，中華民國政策說明文件」，行政院大陸委員會印行出版，中華民國88年8月，頁2。

8.請參閱「總統發表電視錄影談話」，民國90年5月18日，網址http://www.president.gov.tw

9.吳安家，「陳總統的中國大陸政策觀：理想主義與現實主義的結合」，作者以北美事務協調委員會委員身分於民國90年6月2日在美國「俄州華人學術工商聯會」上演講之內容。

10.有關民調數字與吳安家的結論有所不同的是列述如下：

（1）首先以中國時報民國89年12月31日所發表的「年度

國民意向調查」顯示，在兩岸關係來看，只有14%的受訪者覺得臺灣與大陸關係有改善，29%表示沒有什麼變化，33%反而認爲兩岸關係這一年來更加惡化，14%的人表示無法判別。見中國時報，民國89年12月31日，二版。

（2）以中國時報在2001年5月9、10、11三日所作民調爲例，雖有49%受訪民眾對阿扁處理兩岸關係覺得滿意，但也有33%的民眾表達不滿。詳請參閱，中國時報，民國90年5月17日，四版。

（3）國民黨政策會於2001年5月15日及16日所作之民調，針對十四項施政項目進行調查，其中大陸政策不滿意讀爲54.12%，請見中國時報，民國90年5月21日，四版。

（4）山水民調在2001年5月18及19日所作的民調，有49%支持陳水扁有關兩岸事務的處理方式，但也有31%的民眾表達不同看法，中國時報，民國90年5月21日，四版。

11.中共國臺辦主任陳雲林於2001年5月23日會見來自臺灣的章孝嚴、許信良等人時，對於陳水扁強調就任一年以來的「兩岸關係穩定」說予以反駁，他並主動引用呂秀蓮的看法，認爲她說現在兩岸關係仍處於暗潮洶湧情況的觀點他非常同意，陳並說：「呂秀蓮女士的講話他大部分都不會同意，但這句話他同意」。請見聯合報記者王玉燕發自北京的報導。聯合報，民國90年5月24日，十三版。而同一天，中共新華社也發表署名「郃海」的文章稱，臺灣當局領導人「把兩岸對話與商談推向遙遙無期」，對於陳水扁上臺一年來的首要政績爲穩定兩岸，文章予以強烈抨擊，並說一年來，臺灣領導人在實際作爲上延續李登輝的分裂路線，兩岸關係持續陷於僵局，緊張情勢未獲緩解，且隱藏更大危機。請見聯合報，民國90年5月24日，十三版。另外，大陸社科院臺研所所發表「二〇〇〇年臺灣研究年度報告」亦指出，兩岸仍會在是否堅持「一中」原則，追求統一或臺獨的尖銳和激烈鬥爭，「短期內要打破兩岸政治僵局不容樂觀」。有關本文更詳盡報導請見張聖岱，「大陸社科院臺研所年度報告：臺灣經濟將不可避免『大陸化』和『邊緣化』」，聯合報，民國90年6月2日，十三版。

12.美國華盛頓郵報2001年6月5日引述美國國防部發言人奎格利的話說，東山島的演習是中共近年來規模最大的演習，請見聯合報，民國90年6月6日，十三版。而香港文匯報在2001年6月4日在頭版半版報導共軍東山島演習消息時，更是聲稱此次演習內容以空優下的搶灘登陸爲主，主要是針對臺灣本島。請見聯合報大陸新聞中心香港報導，民國90年6月5日，十三版。

13.中共外交部2001年6月5日強調，共軍在東山島演習，是「年度正常例行性」訓練，也是主權範圍內的例行演習，是要提高部隊訓練與作戰水準。發言人孫玉璽在外交部記者會上強力辯清外界傳言是針對美國和臺灣，請見聯合報，民國90年6月6日。

第二章
陳水扁大陸政策的實質內涵

第一節　陳水扁大陸政策：三篇談話稿的解析

第二節　陳水扁大陸政策：民主、對等、和平原則是處理兩岸關係的主軸

第三節　陳水扁的大陸政策：正面但成效有限的建議

第四節　陳水扁大陸政策：不脫離認定「臺灣是個主權獨立國家」的思考模式

註釋

第一節 陳水扁大陸政策：三篇談話稿的解析

陳水扁在2000年5月20日就職第七任中華民國總統那天所發表的演說，被普遍認爲是新政府大陸政策最著墨之處。另外他在2000年12月31日所發表的「元旦賀詞」，也被陸委會主委蔡英文稱之爲政府大陸政策所遵循的依據。[14]加上稍後陳水扁於2001年5月27日在中南美洲友邦「睦邦之旅」與記者茶敘時所談的「新五不政策」看法，似乎就構成了陳水扁大陸政策的主要架構。（有關陳水扁前二篇談話的全文內容均附件在本書附錄供作參考）

這三篇談話中的內容，基本上有下列二項特點，茲將這些特點分析如下：

一、陳水扁在三篇談話所敘述的大陸政策，似乎都不從政策正面推展之方向表列，只從政策可能產生的負面的結果然後採取以排除手段來作表列。這種較具消極而且被動形式的政策措施，在一般正常政策說明中是較爲罕見。譬如說，在他五二〇就職演說中，他就提到「只要中共無意對臺用武，本人保證在任期之內，不會宣布獨立，不會更改國號，不會推動兩國論入憲，不會推動更改現狀的統獨公投，也沒有廢除國統綱領與國統會的問題」，[15]又譬如說，在2001年5月27日在多明尼加與隨行的臺北記者茶敘時，他再度以負面表列「不會做什麼」的方式來陳述大陸政策可能採取的走向：「第一、軍售，過境美國不是對中共的挑釁；第二、中華民國政府不會錯估、誤判兩岸情勢；第三、臺灣不是任何一個國家的棋子；第四、政府從來沒有放棄改善兩岸關係的誠意與努力；第五、兩岸關係不是零和關係。」媒體便予外界閱讀與瞭解，就簡化爲「不挑釁，不錯估情勢，不是棋子，不放棄誠意與努力，不是零和遊戲」的「新五不政策」。[16]

就前者「四不一沒有」政策來說，有二點爭議至今一直沒有獲得澄清：

（一）陳水扁說如果中共不動武，他可保證不宣示獨立，不更改國號，不推動統獨公投以及不入憲兩國論，這些看法顯與他在同文中強調「自當恪遵憲法，維護國家主權、尊嚴與安全」這段文字在邏輯上產生有極大之爭議。因爲中華民國憲法雖在行憲後經過六次修改，但是主權仍然及於中國大陸，這可在憲法本文第四條以及增修條文第十一條中有明確的規範。特別是要改國號，要宣布獨立或是推動改變現狀的統獨公投的措施，只有在臺灣要進行對現行憲政體制與政權全面否定需要革命時才會產生的。所以當陳水扁一再強調他要恪遵憲法之時，實際上已不需要有過多語辭去保證或說明他不會做什麼，因爲憲法的規範讓他根本不能做或做不到上述的措施。當然反過來說，如果這些措施是在現行憲法沒有限制或沒有特別規範下可採取的方向，當然為了不挑釁中共，以維護臺海之間的穩定，陳水扁的「五不」保證說辭，即使有些被動與消極的精神，仍有其政策上可取之處。但是當這些措施均已為憲法所不允許推動之時，他的保證就顯得有點多餘。而且在政策上來說，這種宣示實際上並沒有多大意義存在。

（二）陳水扁說如果中共不動武，他可以採取「四不一沒有」的政策措施，是有很多人從「善意」的角度來對他這項宣示的評價。[17]但是也有學者認為「善意」必然要有「誠意」為基礎，陳水扁的「善意」若僅止于口惠，而不把「誠意」用來推動，其實毫無意義可言。[18]不過最重要的是很少人會去想像這項「善意」若換從北京立場上來思考而非站在臺北觀點來解讀可能就使得中共當局無法感受。

1.我們試以用一些逆向思考的邏輯來解析陳水扁所說的「四不一沒有」政策：

（1）不宣示獨立是否就等於一定要走向統一嗎？
（2）不更改國號是否就表示會接受中華人民共和國嗎？
（3）不推動改變現狀的統獨公投是否就表示一定會維持現狀嗎？
（4）沒有廢除國統綱領或國統會的問題是否就表示陳水扁政府一定會執行綱領或召開國統會嗎？

很顯然的是，不僅在邏輯上「不做什麼」不全等於

「要做什麼」，而且在陳水扁執政一年後，我們也見證了他所說的「四不一沒有」宣示，並沒有顯示在政策上他就會有「四要一有」的結果。這樣的宣示，從上面的分析來看，北京怎會感到有「善意」的釋出？

2.另外，我們再從北京當局立場來看這些宣示，就可發現即使如上述邏輯所言，他可從「負面」排除宣示的走向觸發「正面推展政策」的結果，但是，有些「善意」換成另外一種思維來解讀的結果，很可能並非中共當局所能接受的結果，譬如說：

（1）不宣示獨立很可能意味永遠維持現狀。北京在2000年國防白皮書已說明不會接受臺灣這樣的走向。[19]

（2）不更改國號當然就是繼續使用「中華民國」，北京不可能會正式表示接受。

（3）不推動改變現狀的統獨公投實際上也就是要排除統一的可能性，北京不得不有此疑慮。

（4）不入憲兩國論讓兩國論變成是「可做而不可說」的狀況，北京不會同意「不提兩國論但事實仍存在的說法」可爲例子。

基本上，上述的假設結果都有可能產生，而且趨勢還顯示非常強烈。就北京來說，就不會對任何一項結果感到滿意。如果說從陳水扁談話是以「善意」出發，恐怕這項預期未必與結論相符。

再就後者「新五不政策」來說，他的宣示似乎不全是「政策說明」，更大成分是有點立場「澄清」的作用。比較理論一點來說明，那就是陳水扁將正常情況下一般政策不會如此推行的措施，用負面表列來說明「不會採行」的方式，使目前兩岸關係予以矯正或平衡。如果政府的政策均以「不會做什麼」來顯示，那麼一般正常採取正面宣示的政策應有積極面與主動面應有的效果顯然就因而消失。

事實上，沒有一個政府對外政策會是建立在「主動挑釁，錯估情勢，扮演棋子，放棄溝通以及進行零和遊戲」的考量上。同樣的道理，陳水扁的宣示表示政府不會去違反這種「普世的原則」，本來就是一種正常的思考模式。只是讓外界無法理解的是，陳總統爲什麼始終不用正面用詞來作「政策說明」，卻一直用負面表列來作「立場澄清」，這就是他的大陸政策最令人詫異之處。

二、另方面，陳水扁即便有一些本具正面意義來宣示的政策，卻在表達中因爲刻意語辭不清或語帶保留，加上兼具有模糊的想像空間的特質，常常產生外界不同的解讀，有些甚至還會有南轅北轍的結論出現。這樣政策宣示的做法，在一般西方國家中的確是較爲罕見。而且，重要的是，針對外界不同的解讀或是疑慮，陳總統本人也從未出面澄清他在引起爭議的政策宣示中眞正要表達的意思是什麼。「樹立一個政策的模糊與想像空間」，似乎成了陳水扁在這三篇有關大陸政策的談話中另一項特點。

（一）以五二〇就職演說內容舉例來說：

首先陳水扁到底有沒有提到北京所殷盼的「一個中國原則」，就是一個語辭不清或語帶保留的例子。如果僅從字面上來解析，答案應該是沒有。雖然他在演講稿後段部分陳水扁是確有提到「（兩岸）共同來處理未來『一個中國』問題」這段文字，但是這段話既不是回應「一中原則」，而且尚有「未來」一詞也充滿了文字玄機。最重要的是，臺北預期在陳水扁主政時期「一中」是不存在的，因為要處理「一中」這段文字的意思是兩岸未來的問題。

但是陳水扁有完全迴避了「一中」的說法嗎？從整篇演講稿各段一些相關用語的適時切入，又發現陳總統在內容中還是適度的表達了對「一中」的認同我們試以舉其中幾個例子來說明：

1.用「大陸」一詞替代過去慣用的「中國」，以「兩岸」代替「兩個華人國家」，多少隱含對「兩國論」的擱置。
2.建議「積極參與各種非政府的國際組織」不提及申請加入聯合國，會讓北京錯覺陳水扁有意不走「兩國」路線。
3.「沒有廢除國統綱領與國統會的問題」，雖然是在中共無意對臺動武的前提下，但是配合演講稿中七次提到「中華民國」，很難說出陳水扁有排斥一中的傾向。

4.強調「自當恪遵憲法，維護國家主權、尊嚴與安全」這段文字，若與憲法本文領土條款相對照，又會認為陳水扁所認定的一個中國就是中華民國。

可是，這些用語實際上是有保留了一些模糊的解釋空間，譬如說，用「大陸」或「兩岸」的名詞並不代表陳水扁未來對「兩岸定位」完全跳躍出「兩國論」的思維。而且不廢除國統綱領也不意味著陳水扁會來執行國統綱領。更有意思的是，民進黨對中華民國的主權領土看法是與目前三個在野黨派的主張是不一樣的，那就是所謂中華民國主權領土民進黨與陳水扁認為只限於臺澎金馬。最能代表這種意涵的一段話，就是他們常說的「臺灣是個主權獨立的國家，不過憲法上它的名字叫中華民國」。

因此，北京當局是否因而深信陳水扁即使不說「一個中國」四字但仍感受來自臺北的善意，應該會有保留的態度。以上述解析來說，陳水扁或許可以有「一中」傾向，但換個角度來說，陳水扁也可以說實際在排斥「一中」。因此，今後北京怎麼來解讀，當是兩岸關係危機是否能予解除的癥結。

（二）再以2001年12月31日陳水扁所發表的「元旦祝詞」內容舉例說明，陳水扁總統在元旦發表兩岸關係的談話，憑良心說，以內容來看，真的不能當作是一般性慶典的文告來等閒視之。[20]

首先，以這篇談話文字運用技巧以及語氣強烈感性的層面來看，的確超過李登輝主政時代的任何一篇有關大陸政策的文件。

再以整篇的用詞以及內容所表達的「善意」來看，也是陳水扁自五二○就職演講之後最充分釋放的一次。譬如說：

1.以「對岸」稱呼北京，代替過去「大陸當局」或「中國」的稱謂；共計在全文中使用三次。
2.提出「根據中華民國憲法，「一個中國」原本並不是個問題的看法，間接承認「憲法一中」的法律事實。
3.清楚說明短期內要回應「有關建立新機制，以持續整合國內各政黨及社會各方對國家發展與兩岸關係之意見」，不排除重組國統會的可能性。
4.建議也呼籲對岸「從兩岸經貿與文化的統合開始著手…進而共同尋求兩岸永久和平，政治統合的新架構」，再配合所謂「希望生活在同一屋簷下」的說法，讓「統一」好像變成是目前臺灣唯一的「選項」。
5.最後在兩岸經貿方面，以「積極開放，有效管理」代替「戒急用忍」，正式鬆綁臺商對大陸投資的政策限制。

其次，這篇談話中，也衍生了一些本來不應有的問題。就「語辭不清或語帶保留」而言，使得本來具有正面意義的「政策善意宣言」，變成了各方費猜，沒有標準答案的結果。最具體的例子是：

1.陳水扁說根據中華民國憲法，「一個中國」原本並不是個問題。但是由於下文沒有承接敘述文字，導致外界最疑惑的解讀：就是「一個中國」現在是否就是個問題？

2.陳水扁說：共同尋求兩岸永久和平，政治統合的新架構。但是由於「政治統合」一詞過去在兩岸之間甚少使用，在統獨光譜中也不知應定位在何處，陳水扁一旦啓口，不同解讀也因而四起。所以北京涉臺學者的回應，基本上認爲陳水扁在一個中國的原則問題上，還是採取迴避的態度；並且認爲陳水扁既談「憲法一中」，又在演講稿中所說過未來一中的說法，正說明陳水扁邏輯矛盾之處。[21]

另外，臺灣內部對「統合論」也有南轅北轍的解讀，看法有從臺北是有意走向統一，到新政府是眞正追求臺灣主權獨立的看法都有。甚至有人還說，統合論眞正的意涵是「統中有獨，獨中有統」。[22]

其實，前述北京學者的看法沒有錯，同時這也正是大陸一些涉臺學者經常所犯的「盲點」所在，而臺灣內部對「統合論」有那麼多不同的解讀也沒有什麼特別奇怪，因爲在臺北的大陸政策不論在李登輝時代或現在陳水扁主導下，都會有「模糊」空間的存在。至於今後的政策走向是否往「消極」或「積極」面推進，實際上就可從容的在目前預留的「模糊空間」裡迴旋。譬如說，只要臺灣內部共識高一點，或北京的善意強一點，大陸政策的積極面就會凸顯。反之，則臺灣在兩岸關係發展則益發走向自閉，完全消極反應都可能存在。

實際上，陳水扁的元旦談話正好就是這種「模糊政策」的代表作，我們可將它的積極及消極層面走向分析如下：

積極面：正如同前述文告中已有「善意」的表達，陳水扁至少在認同中華民國憲法具有「一個中國」的法律內涵，不再全面否定一中；而且也準備重組國統會，希望整合臺灣內部意見；最重要的是，陳水扁第一次提到兩岸共同尋求雙方永久和平及政治統合的新架構。這種說法對兩岸關係學者言，相當程度是暗示陳水扁有意將臺灣推向「兩岸走向統一與整合」的結局。

但是陳水扁也可能走向消極面：陳水扁雖在內文中提到憲法一中，但只是說這原本不是個問題，但北京今後若不能瞭解臺灣人民的目前疑慮，以及當家做主的意志，那麼兩岸之間對於一中的認知可能會有落差，這種說法顯然還是部署了一步「退棋」；另外，談到要持續整合內部各方的意見，是針對「國家發展」與兩岸關係，並且是建立「新機制」或調整現有機制，非常明白表示國統會不會是今後唯一選擇，至於最新鮮「尋求兩岸政治統合新架構」的說法，既可擴大成歐盟、邦聯、國協甚至重談過去討論過的中華合眾國的模式，也能維持兩個主權國家的結合。不見得只是「單一國」的結局。

從上述積極面與消極面可能走向的分析結果來看，充分說明臺北大陸政策在陳水扁主導下，已可「上下任意滑動」，也可「左右搖擺晃動」。到底會是什麼走向，端看北京的「善意」如何。因此如何回應陳水扁這一步「險棋」，北京當局顯然就面臨兩難局面，因爲要來回應這篇顯然是有意向北京投擲政治試探汽球的文告，中共既不能對文告有太早「肯定」或「否定」，而且還不能完全保持緘默，否則就是給予陳水扁一個藉口，下一步就可以不再需要在外界壓力下釋放「善意」。所以北京不能再只用「聽其言，觀其行」一句帶過，可能需要的還得用點「智慧」，放點「耐心」，釋出點「善意」。

第二節　陳水扁大陸政策：民主、對等、和平原則是處理兩岸關係的主軸

其實陳水扁大陸政策的眞正主軸應是建立在他大選時所提出的「中國政策」。在這份名爲「跨世紀中國政策白皮書」中相當清楚陳述了「推動臺灣與中國關係的全面正常化，正是跨世紀中國政策的主軸。[23]在這個主軸下，臺灣必須更堅定於主權的維護和安全的保障，同時也必須更積極

於和中國之間的交往合作，甚至為中國的進步提供協助貢獻」。整本白皮書有三個重要的架構：第一、是凝聚國家定位共識，主要是要說明依憲法稱為中華民國的臺灣，與中華人民共和國，是兩個互不隸屬，互不統治，互不管轄的國家，此處的重點主要是偏向在彼此的對等；第二、是建立穩定的互動機制，主要是積極展開兩岸的對話與協商，特別希望能與對岸簽訂和平協定，依據聯合國憲章和平解決爭端，不以武力互相威脅，此處的重點是追求和平方式來解決兩岸之爭議；第三、是全面發展兩岸經貿合作關係，追求互利互榮的結果；不過，最重要的還是白皮書中引述了1999年5月「臺灣前途決議文」中所提到的「任何有關獨立現狀的更動，必須經臺灣全體住民以公民投票的方式決定」，不過在白皮書中又是主張以「兩個國家的特殊關係」界定臺灣海峽的現況，由於「特殊關係」可能對現況造成改變，因此白皮書說：「只要經過臺灣全體人民同意，任何『特殊關係』都不應該事先排除，但是也都應該獲得多數人民的支持。」實際上，這種說法已經埋伏了陳水扁後來積極排除有「預設方向」的考量所在。當選之後，面對一些現實的問題，加上也有國際社會企求兩岸穩定的因素存在，因此，陳水扁不得不權宜的將民進黨原先的中國政策內容作了些調整，但保留了白皮書中主張對等、和平與不預設未來發展方向的精神，並將這樣的政策走向在就職前會晤日本自民黨眾議員綿貫民輔訪問團時正式透露。而這項政策的內容有三個重點：

一、海峽兩岸彼此尊重，接受對等地位。

二、依照聯合國憲章規定，以和平方式解決爭端。

三、對未來發展，不預設任何方向。[24]

不過，陳水扁在重要場合闡述大陸政策之時並沒有特別強調說明他是以大選時所發表的「中國政策」為依據。他最具代表性的一段談話是2001年5月18日就職一週年的電視錄影談話，當時陳水扁曾表示他願意以「民主、對等、和平」原則之下，隨時隨地與對岸展開協商與對話，不論什麼議題都可以談。[25]其中對等與和平原則，意義十分明確，至於民主，最重要是尊重人民自由意志的選擇，其中所呈現的核心精神就是兩岸不應將未來發展架設前提或預設方向。但是陳水扁的看法並不侷限在一、二次的談話而已。若仔細研究大選之後陳水扁對外發表重要談話的內容裡，還是發現有許多重點不約而同的就契合著他大選時的觀點在作宣示。下面的分析實際上完全是有事實的證據來支持這樣的假設。

一、在兩岸尊重對等方面

陳水扁總統在2001年5月10日亞洲華爾街日報一項專訪中，特別強調「平等」是兩岸對談最重要的原則。根據他的看法，「平等就是平等，不應有某人是中央，而另一人是地方；一位是主人，他人是傭人。」陳水扁重申，臺灣是一個主權獨立的國家，但中共從未承認此一事實。[26]而所謂的「事實」，應是所謂的「政治現實與歷史事實」，根據新政府的說法，就是「中華民國自一九一二年便已存在，從未間斷；中華人民共和國是從中華民國分裂出去的，一九四九年才成立，中華人民共和國從未有效統治過臺澎金馬，中共政府應該要正視歷史事實」。[27]這樣所謂的「對等」，恐怕是建立在「中華民國」與「中華人民共和國」相互平等的基礎上，比起國民黨主政時代的「一國兩體」或「一國兩區」，甚至「特殊國與國關係」的「對等」要求，顯有更強烈的超越。

但是，畢竟「中華民國」與「中華人民共和國」相互「對等」的立場在現階段還是不容易在言辭中充分表達，特別是贏得大選之後的陳水扁，北京對他的一言一行勢必特別注意，加上他也完全明瞭兩岸關係是有嚴峻的一面，因此在表達兩岸「應彼此尊重，接受對等地位方面」，陳水扁顯然還是運用其政策特殊的「逆向思考面」與「消極被動面」來闡述。

在「逆向思考面」，陳水扁以「不能接受一個中國為前提」來凸顯如接受這個前提，就很難在兩岸之間有「對等」地位。支持這種說法是陳水扁在2000年3月接受洛杉磯時報訪問時就說了很清楚。他說雖然先前他有表達意願就「一個中國」和北京展開對談，但一個中國就陳水扁而言應是議題而不是前提，所以他不會接受中共主席江澤民把「一個中國」當成是是兩岸談判的前提，因為陳水扁認為他若接受這個前提，臺灣就很難在「對等」的地位上與北京談判。[28]另一個例子，是陳水扁表示「不能接受一國兩制」，也是用來凸顯兩岸因而可能導致「不對等」的結果，2000年8月13日，陳水扁在會晤AIT理事主席卜睿哲時就說：「一國兩制已經是中共對臺的既定政策，而多數臺灣人民卻無法接受一國兩制，更不願成爲香港第二、澳門第二」。[29]其實，這裡所說臺灣不願成爲香港第二，說穿了，就是臺灣不會也不願在接受「一國兩制」後就成爲類以像香港或澳門一樣的「特別行政區」地位，因爲那種「政治定位」對臺北來說，就是顯示與北京的「不對等」。

至於，在「消極被動面」，陳水扁的主張重點是他在五二〇演說中所說與對岸「共同處理未來『一個中國』的問題」。因爲「一個中國」在未經雙方磋商共同定出共識結論之前就輕易接受，容易導致外界的誤解，認爲臺北已經同意接受以「中華人民共和國」爲主體的「一個中國」。因此，陳水扁當然是希望就「一個中國」這個主題進行兩岸的會商，若探討出的結果能使臺北在兩岸之間的定位與北京居於「對等」地位，當是會商最主要的目標。因此，陳水扁的堅持「只要一個中國不是原則，而是議題，可坐下來談。」[30]其中的精髓便是著眼在以「消極被動」的立場，來看北京是如何在「一個中國」問題上出招，只要臺北能獲致「尊重、對等」的訊息，即便兩岸協商是要臺北來談是否接受「一個中國」的敏感話題，陳水扁也不會排斥去面對。

二、在和平方式解決爭端方面

陳水扁總統在五二〇就職演說中曾提到說「冷戰已經結束，該是兩岸拋棄舊時代所遺留下來的敵意與對立的時候了，我們無須再等待，因爲此刻就是兩岸共創和解時代的新契機」。所以追求兩岸「和解」是他的大陸政策中非常重要的內涵，而且，他更強調是追求以和平方式解決兩岸之爭端。

早在總統大選前一天晚上，陳水扁便在政見發表會的現場演說中提到要「追求兩岸永久和平」。等到第二天當選之後，他在當選感言中也出現「追求臺海永久和平是總統的使命與天職」的一段話，這多少說明在他首度必須站在第一線面對來自對岸的壓力時，他內心世界裡最盼望能完成的事，就是樹立兩岸永久的和平。所以即使在2000年8月19日前往中南美訪問途中，他仍要說出要做到「避戰」，不可發生戰爭的呼籲。[31]

兩岸之間維持和平，兩岸之間的爭端希望用和平方式來解決，這不是陳水扁的大陸政策思考模式獨自專有的現象，在國民黨主政時代，實際上追求和平解決兩岸爭端的主張已有多次提出，特別是1995年4月8日李登輝總統在回應「江八點」之時，都有提出與「江八點」一樣的建議，希望兩岸共同追求「終止雙方敵對狀態」的目標。不過在這項說辭上，儘管李、江兩人用的均是「兩岸終止敵對狀態」一詞，不過，兩人表達的實際內涵與實施程序還是有所不同，江是說「作爲第一步，雙方可先就『在一個中國的原則下，正式結束兩岸敵對狀態』進行談判，並達成協議」。但李的說法則是留下更大的迴旋空間，在「李六條」中的原文是如此說的：「當中共正式宣布放棄對臺澎金馬使用武力後，即在適當時機，就雙方如何舉行敵對狀態的談判，進行預備性磋商」。江說的是談判並達成協議，李則僅表示先作預備性磋商，而且雙方均有「前提」存在，江提到「在一個中國原則下」，李是要求「當中共正式宣布放棄對臺澎金馬使用武力後」。[32]

其實陳水扁在「和平方式解決兩岸爭端方面」，也有與李登輝中「李六條」的說法有「異曲同工」之妙，像在五二〇演說中就特別提到，「只要中共無意對臺用武」，他就不會宣布臺灣獨立等等措施，這就是所謂的「大陸不武，臺灣不獨」的說法。[33]其實，大陸動武當是臺海和平情勢被破壞的主因。但臺灣獨立也是促成臺海和平情勢被破壞的主因。大陸不武，臺灣固然可以不獨，但換句話說，臺灣不獨，大陸同樣也可以不武。這中間的誰先誰後，好像看不出來有多大差別，其實，說穿了，陳水扁與李登輝的說辭基本上對和平解決爭端的方式的看法，都是認爲要先去除「中共武力威脅」的因素。但是，同樣的說辭搬到不同立場的北京來看，就認爲若能去除臺灣獨立，特別是臺灣同意接受一個中國原則，那麼兩岸的爭議早就可用和平方式解決。而可嘆的是，雙方都瞭解和平方式解決兩岸爭端的重要，但是彼此卻仍然沒有意願「實踐」去做，只看到對方的佇等而批評，而忘了自己正在做著同樣的動作。所以，和平解決兩岸爭議的建議，北京與臺北確有此心，但都拖延至今仍原地踏步。而在臺灣方面，自李登輝時代就談起這方面主題，但是到了陳水扁主政後，情況並沒有改善。

三、對未來兩岸發展不預設方向方面

陳水扁總統在2000年8月17日中美洲訪問之旅停留多明尼加時曾舉行記者會表明說：「兩岸關係的走向，臺灣二千三百萬人民應有最終選擇權與決定權，必須尊重人民意志的選擇，因此國統綱領是必須以『統一』爲唯一及最後的選項，應該值得進一步探討。」[34]當然，陳水扁的談話主要是針對「國統綱領」中前言或目標部分提到中國必將統一的內容，認爲讓臺灣只有「統一」的目標或選擇是不公平的。其實陳水扁在這項談話裡充分想表達的應該是有二種意義：第一，兩岸之間未來發展應該不預設方向；第二，而眞正想表達的則是兩岸之間未來發展不應預設任何前提，以加諸在臺灣或大陸的可能發展的走向上，特別是北京，應該自我克制不要爲臺北冠上只有唯一「統一」的走向。

來證實他確實有這樣的思考傾向，可由下列幾個例子中說明：

（一）就在多明尼加表達這樣的看法之後，陳水扁在

2000年9月1日接受紐約時報訪問時，再次強調了他在這方面的立場。他說「以統一爲解決兩岸關係的唯一途徑，這種作法違反民意」。稍後，他在接受美國CNN廣播網專訪者，對他所謂「統一不是唯一選項」的說法則解釋是，「中華民國是一個眞正的民主國家，尤其他身爲國家領導人，不能排斥除了統一，獨立之外還有其他選項的可能性，必須要能尊重，包容不同的意見與看法。」[35]

（二）2000年4月21日陳水扁去拜訪前行政院長孫運璿時曾提到與未來中國統一模式有關的聯邦體制。這樣說法一度曾被外界誤認爲他有意在這樣的方向去思考臺灣未來走向，但是仔細分析他原始談話內容，發現陳水扁根本無意要爲臺北預設一個確定方向，反而是強烈顯示是爲臺北保留更寬闊的「迴旋空間」，他的原意是如此說的：「對『邦聯』究竟可不可行，必須由朝野形成共識，其中有很大的討論空間」。[36]接著第二天他在向工商界謝票的一項宴會中，他更是明白澄清說，「一個中國」只要不是原則，什麼都可以談，就連邦聯、聯邦或國協都有討論空間，但是最後都必須由臺灣二千三百萬人民共同決定。[37]在這次談話中，發現提到的「邦聯」也好，或是其他統一模式，只是陳水扁列舉可以充分討論的例子而已，而不是他所尋求的最終目標，而且千萬別忽略的是，陳水扁雖然強調兩岸未來不預設方向，但是他仍然有自己設定的前提存在，那就是必須有「朝野形成共識」或是「臺灣二千三百萬人民共同決定」。

第三節 陳水扁的大陸政策：正面但成效有限的建議

陳水扁的大陸政策是否「言辭取巧」，或是「善意偽裝」，或是「政策模糊」都是可以辯論的話題，甚至於陳水扁的大陸政策是否得到中共當局的正面回應也是可以進一步來辯正的。但是，若說陳水扁就職一年來，他的大陸政策完全沒有一些「積極正面」的建議，可能也不盡然公平。陳水扁曾說，北京只會對他說的話用比較偏頗的角度去解釋，而不能從健康、建設性的的角度去解釋。[38]這句話在北京可能對陳水扁「不夠瞭解」，或是「信任度較低」的情況下，有它眞實的一面。

不過，大陸涉臺學者在評估民進黨執政一年的一項座談會上，也有學者認爲，在兩岸關係方面，民進黨處理有些問題比過去國民黨成熟。[39]所以，也不是說來自對岸的回應全是負面的評價。

但是，有時陳水扁政府的積極正面建議，可能只從臺灣單向的利益考量，而缺乏對北京立場以及兩岸整體的考量，結果往往變成「落花有意，流水無情」的結果，成效顯然有限，譬如台灣經發會的召開，其結論因促成了台灣朝野之間的共識，但卻沒有獲得北京的共鳴，這樣經發會的影響當然受到限制。如果再看有些建議只是宣示，而非行動加以落實，那麼整個政策的失敗，恐怕不只是來自彼岸的杯葛，而是自己有意的疏失。

因此，闡述陳水扁大陸政策，就需要「兩面俱陳」。下面便是過去一年來，整理出在陳水扁主導下的大陸政策比較具有積極而且正面的一些措施或建議方案，不過有些方案「用意雖佳」，但在執行過程中難免有疏失或欠缺考量，結果成效與預期就有所落差：

一、經發會兩岸組結論，兩岸經貿政策重要依據

由陳水扁總統主導，台灣各重要政黨均派員參與的經濟發展諮詢委員會議於2001年8月26日舉行最後一天全體委員會議討論兩岸組分組結論，由於兩岸經貿各項議題環環相扣，具有高度相互關聯性，全體委員在包容不同意見情況下，同意以包裹方式通過小組原列的三十六項共同意見，至於「九二共識」的不同意見則分別列出以供政府參考。

經發會兩岸組共識重點如下：

1.確定推動兩岸經貿發展的基本原則爲「台灣優先」、「全球佈局」、「互惠雙贏」及「風險管理」。

2.大陸投資「戒急用忍」政策改爲「積極開放，有效管理」，主要做法包括：

（1）委請產、官、學界組成的專案小組定期檢討放寬大陸投資產業及產品項目。

——凡有助於提高國家產業競爭力、提升全球運籌管理能力者，應積極開放。

——國內已無發展空間，須赴大陸投資方能維繫生存發展者，不予限制。

——赴大陸投資可能導致少數核心技術移轉或流失者，應審愼評估。

（2）放寬大陸投資資金限制並建立風險管理機制：

——大陸投資資金來源應多元化。

——檢討放寬上市、上櫃公司及其他個別企業在大陸投資累計金額上限等有關限制。

——放寬投資五千萬美元以上的個案，建立專案審查機制。

——在建立相關配套措施及保障投資安全前提下，開放企業赴大陸直接投資。

——強化大陸台商產業輔導體系，積極協助台商降低投資風險。

3.建立兩岸資金流動的靈活機制，包括：

（1）進一步開放ＯＢＵ（國際金融業務分行)得與大陸地區金融機構直接通匯。
（2）依國際慣例，循序開放國內金融服務業赴大陸地區進行業務投資、設立分行（分公司)或子公司。
（3）開放陸資來台投資土地及不動產，並配合加入ＷＴＯ（世界貿易組織)，開放陸資來台從事事業投資，以及逐步開放陸資來台從事證券投資，並以ＱＦＩＩ對陸資作有效管理。

4.有關加入ＷＴＯ與兩岸「三通」方面，主要做法有：

（1）配合加入ＷＴＯ進程，開放兩岸直接貿易及兩岸直接通郵、通訊等業務，並適度擴大開放大陸物品進口。
（2）整體規劃兩岸「通航」，在兩岸簽署「通航」協議之前，擴大「境外航運中心」功能及範圍，開放貨品通關入境，減少兩岸間接通航的不便。

5.在考量國家安全前提下，開放大陸地區人民來台觀光，做法包括：

（1）採總量管制方式，完善配套管理措施。
（2）建立安全事項的通報及緊急事故的處理機制。
（3）實施方式：與大陸方面協商相關問題與實施時機，必要時以試驗方式先行推動。

6.兩岸問題：建議政府儘速凝聚朝共識，化解「九二共識」的分歧，依據中華民國憲法定位兩岸關係，擱置政治爭議，儘速與大陸方面協商「三通」及攸關人民福址的議題。(關於「九二共識」問題的不同意見以附件方式呈現)。[40]

陳水扁在經發會後曾評價是新政府成立後第一次由四黨二派坐下來共商國是，解決經濟困境的會議，是一次非常民主而成功的會議，不但是朝野和解，政黨合作的模式，也成爲兩岸關係發展的重要分水嶺與轉捩點。[41]

加上陳水扁在經發會召開之開幕典禮上已強調說該會議之結論將作爲政府制定政策之重要依據，任何相關政府部門主管對已達共識的結論將不允許有異議或反對的表達，因此經發會針對兩岸經貿往來政策達成三十六項共識，其中開放陸資來台投資不動產、境外航運中心、台商補登記及台商盈餘重複課稅等四項共識涉及兩岸人民關係條例的修正，陸委會主委蔡英文已在2001年8月31日表示，該會將在九月三日完成相關修正草案送行政院審查。這已表示，經發會的共識已成爲政府制定政策或修法的重要依據。[42]

另外，美國國務院在2001年8月27日對經發會達成以「積極開放，有效管理」取代對中國大陸經貿「戒急用忍」政策的結論表示歡迎，並重申兩岸應以雙方人民都能接受的方式，透過對話和平解決歧見。[43]

但是，儘管台北樂觀，美國歡迎，經發會的結論仍然沒有獲得北京的共鳴，在台北經發會甫告結束之後，路透社曾在8月27日設法尋求中共外交部、對外貿易經濟部以及國務院的回應，但均遭到拒絕來立即發表評論。直至二天後，也就是8月29日，具有官方立場的新華社，發表了一篇題目爲「戒急用忍早該放棄，一個中國不可迴避」的評論員文章，內文中雖肯定經發會爲擺脫李登輝「戒急用忍」政策的壓制，促進兩岸經貿關係發展，付出了極大的努力。但是文中也提到，如果台灣以爲可以用只談經濟問題，迴避一個中國原則和「九二共識」，那是不現實的，也是辦不到的。[44]

二、勇於制訂或擬議突破過去傳統束縛的政策

（一）開放大陸記者常駐臺北

行政院陸委會與新聞局，于2001年5月10日下午舉行聯合記者會，共同發布「大陸地區新聞人員來臺駐點採訪」相關規則，規定大陸記者駐點時間每人每次以一個月爲限，活動地區以大臺北爲主，初期開放對象，以大陸「少

量」的全國性媒體爲原則。

陸委會副主委陳明通以「只許成功，不許失敗」形容這項兩岸新聞交流的新政策。他說，進一步放寬大陸記者採輪流駐點的方式，來臺作較長期的採訪，是希望增加大陸記者接觸臺灣的機會，如能帶動良性循環並確立遊戲規則，兩岸可正式協商「互派記者常駐」。[45]

但是開放的結果不盡然如大陸所願，一方面是臺灣前往大陸駐點的記者確與陸委會核准來臺的大陸記者在人數上不成比例，而另方面也是陸委會對大陸記者來臺執行業務上仍有所限制。例如，到了2000年11月陸委會才允許大陸媒體只能有四家駐點採訪，加上在2001年7月批准中新社取代新華社採訪，導致新華社持續半年在臺的採訪任務因而中斷，因此中共國臺辦新聞局曾多次抨擊陸委會拒絕新華社赴臺駐點採訪的做法是違反兩岸新聞交流不設限的精神。[46]雖然陸委會在採「總量控制」程序上有其一定之規範，但也曝露出陸委會對敏感的新聞採訪核准問題事先考量的不周。如何讓法定程序與採訪自由不會形成衝突，甚至避免開放大陸記者常駐臺北的美意被對岸扭曲，陸委會在這項政策上尚須有調正的心態。

（二）實施外島「小三通」措施

金門與馬祖向大陸對岸的廈門與馬尾定點直航的小三通，經陸委會規劃設計後，於2001年1月1日正式啓航。但是首日自金門開出的船隻並未順利抵達彼岸，直至1月2日才算有船隻自金門直航廈門。

陳水扁總統在「小三通」實施之前四天曾認爲小三通的實施，不是如某些在野黨立委所言只是除罪化而已。陳水扁強調，三小通具有促進兩岸和平關係的積極功效。他說，雖然只是很小的一步，但也是新政府具體的一步，他要求新聞局應該多多對外宣傳小三通的積極意義，不能只是侷限在除罪化的消極面上。[47]

而行政院長張俊雄在小三通實施前十日的行政院會中也指出，小三通是我國加入世界貿易組織（WTO）與未來大三通的一個前奏曲，是表達我方對中共「很重要」的一個善意。張俊雄說，雖然中共方面對小三通的反應是比較冷淡，惟這是我們五十多年來邁出很重要的一步，各部會要通力合作，讓小三通成功。我們也藉此機會向中共及全世界表達，我們的善意不是只有口惠而實不至。[48]

陸委會副主委林中斌在2001年4月13日例行記者會中曾發布有關航班、人員、貨物往來之統計數字：

航班：不定期航班往來已進行廿一航次（其中金門十四航次，馬祖七航次）。人員入出境：金門民眾實際赴大陸地區參訪逾一千四百人次，馬祖地區超過八百人次（重要案例：「馬祖天后宮兩岸首航平安進香團」、「金門與廈門通航金門縣訪問大陸團」及「旅居大陸福建地區金門鄉親訪問團」等）。

貨物進出口：三月底首航大陸貨輪「博運二二一號」

由漳州載運砂石順利抵達金門料羅港。[49]

不過，林副主委並沒有提及航次往來的船隻有多少比例是由大陸船隻航行，而人員出入境方面也沒有對岸人民前往金馬的數字，至於貨物進出口只提及一艘自大陸載運砂石停靠金門的船隻，至於雙邊的貿易額多少則未見提及，顯見開放小三通的各項成效並不如預期。

（三）規劃推動兩岸城市交流

陸委會主委蔡英文于2001年2月23日在立法院答詢時指出，政府將全面開放兩岸城市交流政策，預計2001年上半年可以完成；蔡英文指出，政府目前正通盤檢討臺灣與大陸城市交流政策，將大幅調整現行「點」的開放政策，未來朝全面開放規劃。[50]目前，臺北與上海的「城市論壇」已順利啓動，不過，這項方案推動在臺灣方面是有臺北市政府投入的努力痕跡。雖然還是可以看出新政府嚐試盡一切可能去鬆綁法規，但是一段陸委會與臺北市政府的爭執，也使得外界對陸委會有意推動「兩岸城市交流」的誠意打了一點折扣。

（四）鬆綁「戒急用忍政策」，代之以「積極開放，有效管理」

陳水扁總統在2000年12月31日「跨世紀的談話」中曾指出「過去政府依循『戒急用忍』的政策有當時的背景及

其必要，未來我們將以『積極開放，有效管理』的新視野…為臺灣新世紀的經貿版圖做出宏觀的規劃，並且逐步加以落實」。稍後，陳水扁總統在2001年2月16日補充說明之所以鬆綁「戒急用忍」政策，是因為兩岸同時加入世貿組織後，低關稅與資本的自由流通，勢必衝擊臺灣現有經濟秩序，因此新政府勢必以「積極開放、有效管理」政策取代。[51]而陸委會蔡英文的解釋只是認為：企業有必要進行大陸投資，運用大陸人力資源及資源及大陸市場來提昇全球運籌及國際競爭的能力，政府已針對現行大陸投資規範進行通盤檢討，「戒急用忍」政策所彰顯「根留臺灣」的精神，對於穩固臺灣經濟、避免產業過度外移有積極的效果，但盱衡近年來兩岸經貿情勢的發展，有必要適時加以調整。[52]

2001年8月26日，經發會兩岸組更是達成結論說：「大陸投資『戒急用忍』政策改為『積極開放，有效管理』」。鬆綁「戒急用忍」政策，固有時空環境轉變後的需要，但陳水扁執政團隊肯放棄意識型態，不堅持過去錯誤政策的持續，就有其值得肯定的一面。

但是，有關鬆綁「戒急用忍」的措施在經發會召開之前卻是遲遲未予以執行，陸委會經濟處長傅棟成在2001年6月29日指出，鬆綁「戒急用忍」的調整方案已經完成，但是具體實施時機與方式，因涉及國內經濟情況與兩岸互動，政府將再作周延考慮，不過傅棟成也說明，從最近一年來臺灣赴大陸投資的數據仍持續成長，並沒有減緩來看，目前應沒有急迫大幅調整戒急用忍的必要。[53]

不過眞正的原因恐怕不是陸委會經濟處的辯解，而在於兩岸之間的政治障礙，行政院秘書長邱義仁曾表示：戒急用忍涉及的問題，不是臺灣片面要如何就如何，中共設定很多的條件，包括「一中」，加上戒急用忍政策也涉及到兩岸要協商的問題，如今協商無法進行，兩岸都要面對、檢討。[54]稍後，經建會主委陳博志更是明確的指出：兩岸往來須在維護國家尊嚴安全，發展臺灣優先前提下進行，如果對岸設定條件，違反我們前提，即使經發會達成放寬兩岸經貿往來的共識，政府也不會鬆綁。[55]

新政府這樣的政策考量，與原先陳水扁所提出的「積極開放」宣示差距不僅甚大，甚至於也顯示出新政府大陸經貿政策的考量仍然是以「政治掛帥」，而非他們經常掛在嘴邊所說的「讓經濟歸經濟」。目前經發會的結論已經出現，陳水扁也力保說，經發會的結論不容許行政官員反對或批駁，是否能最後落實「積極開放，有效管理」，還有待時間來證明。

（五）開放大陸人民來臺觀光

爲因應兩岸新局勢緊繃及活絡國內旅遊市場，行政院陸委會自民國89年8月即針對開放大陸地區人民來臺觀光進行可行性之評估。行政院長張俊雄並於同年10月20日在立法院院會答覆質詢時表示，政府預定於民國90年6月開放大陸地區人民來臺觀光。[56]接著爲了於法可據，立法院亦於同年12月5日修正通過「臺灣地區與大陸地區人民關係條例」第16條第1項條文：「大陸地區人民得申請來臺從事商務或觀光活動，其辦法由主管機關定之」。不過這項政策並未如張俊雄預言在民國90年6月30日或如陸委會所說的在民國90年7月1日正式實施。不過官方不承認這是政策「跳票」，陸委會經濟處處長傅棟成就說，陸委會已在6月底如期完成評估規劃方案，至於具體的實施時間表，則將由行政院作政策決定。不過民進黨立委王拓多人，早在6月20日舉行公聽會時，已先針對陸委會表示6月底才能完成規劃方案的說法，批評政府是「信口開河」，而且認爲7月1日開放大陸人民來臺觀光的承諾必然注定跳票。[57]

雖然這項政策沒能如期實施，加上基於國家安全理由，在初期不會作出大量開放的措施。但是這項政策已是兩岸交流以來，臺灣作出最突破過去傳統做法的一次。陸委會已於2001年7月5日發布「開放大陸地區人民來臺觀光政策規劃及推動」說帖並且指出，政府已完成「大陸地區人民來臺從事觀光活動許可辦法」草案，大陸人士來臺觀光將採「總量管理」方式循序漸進，並以「團進團出」模式進行。[58]

雖然目前開放大陸人民來臺觀光的作業仍在部署之中，不過對岸對此政策是否會予以配合並給予支持，而且能在兩岸不需經過協商程序而有圓滿的結果，將是這項政策最後是否順利開放的關鍵所在。

（六）準備修改「兩岸人民關係條例」不適時之條文

兩岸人民關係條例自民國81年發布後，爲因應兩岸情勢變遷，已經過六次修正，但是因應加入WTO後衝擊，該項條例不得不思考事前作通盤修正。陸委會主委蔡英文2001年4月25日表示，目前陸委會仍在針對兩岸因交流所衍生的問題進行分類整理，以釐清日後兩岸人民關係例修訂方向。由於所涉及的層面廣泛，因此她預估，可能必須等到下一屆立委的任期內才能完成修法。對於修法的可能方向，蔡英文則表示，主要還是經貿方面的條文，因爲以前制訂兩岸人民關係條例時，主要還是用民事的觀念來處理兩岸間的商業性問題，並沒有一組完整的經貿法規。透露出新政府正在評估，是否還需要針對兩岸經貿往來，訂定一套完整的專門性法規。同時這也顯示出陸委會仍對日後的因應措施預作準備。[59]

（七）積極擬議開放直航與三通

新政府最早提到要檢討「三通」問題的，是在陳水扁總統就職後第二天前往外島金門巡視時。他強調，在國家安全獲得確保的前提下，新政府將依照市場法則，秉持互惠和比例原則，檢討「三通」政策。他認爲在兩岸都要加入WTO的此刻，「三通」議題無法迴避，將來一定要與大陸展開對談和協商。[60]

接著陸委會主委蔡英文于陳水扁表達後第二日（5月22日）表示：「陳水扁總統於週日視察金門時重提兩岸三

通，是表達我方的「意願」和新政府的施政重點。至於年內能否實現，由於牽涉層面相當複雜，且非單方面所能決定，她希望能和對岸儘快坐下來談三通細節。」蔡英文指出，「兩岸三通」本身帶有很多條件，國家安全是其中考量因素之一。新政府正在思考國家安全與兩岸三通之間的措施調整是否有相容性。其次，雙方願意坐下來談，才有辦法繼續推動該項政策。[61]

從上述陳水扁與蔡英文談話得知，新政府是有意開放三通，但由於三通涉及層面較廣，所以必須與對岸協商與談判。2001年8月26日結束經發會，也在結論中提及「整體規劃兩岸『通航』，在兩岸簽署『通航』之前，擴大『境外航運中心』功能及範圍」，至於兩岸直接通商、通郵等業務，則配合加入WTO進程併同進行。但是一旦通航觸及談判，必然要面對北京提出「一個中國原則」的問題，於是，新政府原先規劃要開放「三通」的事宜又回歸到保留的態度。其實，同意考慮開放「三通」可以證明陳水扁對問題的瞭解，瞭解到三通恐非「三不」原則及兩岸人民關係條例的限制所能阻止。但可惜的是，面對談判的核心問題無法有效解決，遂導致了陳水扁大陸政策有所正面積極建議本能發揮的「善意」效果，全盤崩潰。

三、持續呼籲突破兩岸僵持，儘速恢復協商的建議

其實陳水扁有意藉由兩岸復談，兩岸領導人會晤以及兩岸軍事互信機制來突破兩岸目前僵持困局，其用心的痕跡是相當明顯。但是所有以上的建議又因雙方對「一個中國原則」是否應成爲前提而有爭議作罷。也因此，陳水扁在這樣的努力當中，之所以不易爲外人瞭解到其用心所在，最主要大家的焦點只集中在他是如何迴避一中原則，而忽略了他可能企圖以一些較具建設性的建議來緩和兩岸關係。

下面便是他一些積極主動的建議，值得來點出的是他確在用心，不過最後的成效卻並未顯著：

（一）呼籲兩岸恢復協商的談話

陳水扁於2001年2月10日接見美國前國家安全顧問史坦波各時曾表示：「改善兩岸關係最好的方法是和平與對話，我們希望重啓協商大門，與對岸坐下來，就大、小三通或加入世界貿易組織後的市場開放等議題進行協商；但改善兩岸關係的關鍵非我方誠意或善意不足，而是對方的信心不足，至於美國能爲兩岸搭起一座友誼及和平的橋樑，促成兩岸領導人的對話。」[62]

同樣的看法，陳水扁也在同年稍早之時（1月12日）接見美國在臺協會理事主席卜睿哲時也表示過，他說希望透

過和平的方式來解決兩岸問題，臺灣已做好恢復對話的準備，盼能重啓協商大門，也希望美國可扮演兩岸間的和平使者、平衡者與穩定者更積極的角色。[63]

不過在這裡也很明顯地發現，陳水扁的呼籲兩岸恢復協商，確有現象顯示：部分是說給美國人聽的，而且還爭取美國的介入與支持。

（二）兩岸領導人互訪的建議

陳水扁對這個話題給予人印象最深的是他在2001年5月18日就職週年電視談話裡，曾指出他有意參加今年在上海舉行的APEC高峰會議的願望，並說「除了經貿的議題外，個人也願意就兩岸人民關心的其他議題，包括『三通』的問題，與江澤民先生進行直接的對話」。[64]其實，早在同年4月26日接受香港信報專訪時，陳水扁已說「歡迎江澤民主席、朱鎔基總理、汪道涵會長能夠有機會到臺灣來，跟兩千三百萬臺灣人民一起來分享我們經濟奇蹟與政治成就；沒有任何的預設立場，也不限時間與地點，我們隨時歡迎中共領導人能夠到臺灣來。」[65]

但是，陳水扁也與李登輝主政時代一樣，對於兩岸領導人會晤場合還是設定在「國際場合」的建議，當然必遭北京反對而作罷。中共外交部副部長在上海便對此建議予以駁斥，所持理由便是1991年兩岸三地加入APEC時，即由APEC共同通過一份諒解備忘錄，對臺灣參與APEC會議有所規範。[66]

（三）建立兩岸軍事互信機制

陳水扁最早有兩岸建立軍事互信機制的構想，是在民國89年1月30日他在當選總統之前的「春節談話」，他當時指出，希望能夠從兩岸軍事人員互訪、演習告知、海上救援、設立熱線等措施做起，最終建立兩岸軍事機制。[67]接著陳水扁在2000年12月15日接見參加「二千年臺灣安全：回顧與展望」學術研討會的外國學者時，也再次提到兩岸關係穩定是第一要務，爲避免兩岸因彼此隔閡導致對軍事資訊不必要的誤解與誤判，兩岸有必要建立軍事互信機制。[68]

等到中美撞機事件發生後，他還在2001年5月10日主持幻象戰機換裝成軍的典禮上呼籲大陸當局，以海南島撞機事件爲例，設置臺海「信心建立措施」的重要性。[69]

第四節 陳水扁大陸政策：不脫離認定「臺灣是個主權獨立國家」的思考模式

在因應2000年總統大選之前，陳水扁曾公布了「跨世紀中國政策白皮書」，其中有一段話：「臺灣是一個主權獨立的國家，依目前憲法稱爲中華民國」，就是他希望能凝聚國家定位共識下的思考架構。[70]

當然中華民國現行憲法（包括本文及增修條文）的規範，主權仍及於整個中國，臺灣與大陸均爲其領土的一部分。至於說臺灣已是主權獨立國家，可能於法無據，而認為臺灣「依目前憲法稱為中華民國」，可能也與現實不符。

不過，在臺灣這種法律上的爭議並不會改變很多人既定的看法，主張統獨不同的說辭即使在辯論之後，必然還是有迴異的結論出現。在這裡舉出陳水扁有這樣的看法，並不在標誌他在統獨光譜上的立場，而只是在證實他的內心裡的理想確實一直有如此的看法。

就依他五二〇就職演說的題目「臺灣站起來－迎接向上提昇的新時代」來說，所謂的「臺灣站起來」，依陳水扁本身的看法，就是「我必須以臺灣是一個主權獨立國家的領導人的身份走入國際社會」。[71]這也就是說，陳水扁有更大傾向是希望國際社會把他看成是「臺灣」而非「中華民國」的領導人。而這種「臺灣站起來」的口號或說辭，陳水扁就在不少場合提起過。

再以另外例子來說明，就是目前我國外交部有意將現行「中華民國護照」之下加蓋「臺灣」兩字，以示識別。其實臺灣民眾前往國外，持中華民國護照有無入境困擾，確實在早期引起爭論，不過重點不是國外類似入境局單位不瞭解我們護照本質，而在於申請簽證之時（當然也在入境之前）對中華民國護照的不重視或採排斥態度。基本上這種態度不管護照上名稱是什麼，只要實質存在是一樣會面臨這樣困境。但是這幾年隨著臺灣經濟起飛，持護照受歧視的情況逐漸減少，而別人對持中華民國護照誤認為中華人民共和國的情況在一般正常的國家入境處也應該不多見。但是政府仍有意在護照上加諸「臺灣」二字，主要在心理上，還是希望凸顯「臺灣是主權獨立國家」的圖騰。像陳水扁在2001年6月18日接見民進黨立委時說，中華民國護照加諸「臺灣」字眼，讓國外瞭解中華民國與中華人民共和國的區別，已經獲致高比例民意的支持，因此「勢在必行」。[72]這不過是形式上的說辭，而且也是比較不會受到民意質疑的說辭。但是，陳水扁沒有說清楚的是，護照上加諸「臺灣」兩字，實際上是要凸顯「中華民國」與「中華人民共和國」的區別，還是要凸顯「臺灣」與「中華人民共和國」的不同。顯然後者才是主要企圖想去影響的結果。當希望臺灣人民拿的護照被外國官方「認知」是來自「臺灣」這個國家，次要的才是告知對方這不同於「中華人民共和國」護照，其實這種想法相當符合早年主張臺獨運動者的阿Q心態。但是，持中華民國護照，不管加諸「臺灣」與否，受到不公平簽證歧視待遇的實質情況其實很可能繼續存在，並不因加諸「臺灣」兩字而就束之高閣，所以護照問題並沒有全般解決。

最後自陳水扁政府上來執政之後，在某些政策上比較傾向採取些較狹隘地方或本土意識的措施，難免引發外界更多人的聯想。實際上陳水扁有心藉用「教科史書的臺灣化」、「國語拼音的通用化」、「本土文化的全面化」、「母語教學的政治化」等作法，就是希望將臺獨理念透由文化與教育的管道予以漸進實現。這樣的做法在臺灣內部當然就形成統獨意識不同的族群相互對立指責。而在對岸，當陳水扁的這樣措施反應到兩岸關係上面，便被指爲推動「文化臺獨」。目前擔任海峽兩岸關係研究中心的唐樹備2001年6月下旬在廈門一場研討會便點名陳水扁作強力批判，指出陳水扁運用「文化臺獨」力圖改變臺灣同胞的文化認同，進而改變臺灣同胞的民族認同、國家認同，磨滅臺灣同胞的中華民族意識，破壞兩岸和平統一的基礎。[73]

這是大陸方面對陳水扁提倡臺灣本土化以來，首次公開明確地將臺灣本土化定性爲「文化臺獨」。而對岸對此的憂慮，正說明了北京已經瞭解陳水扁的大陸政策已有「本土意識」的強化痕跡。這種「本土意識」透過文化與教育的管道來傳遞與擴散，顯見陳水扁內心世界中仍無法脫離「建立臺灣爲一個與中國大陸沒有關聯的主權獨立國家」基本理念。

註釋

14.郭瓊俐：「蔡英文：大陸政策以總統元旦文告爲準」，聯合報，民國90年1月23日，二版。

15.有關五二〇就職演說全文內容，請見附件。

16.聯合報記者鍾年晃、陳敏鳳發自瓜地馬拉的報導，標題是「陳總統提兩岸政策新五不」，請見聯合報，民國90年5月28日，頭版。

17.其中一個例子便是吳安家的一篇演講稿中便提到說：

「儘管國內少數人批評陳總統對大陸當局讓步太多，但這些宣示穩定了兩岸關係，因爲陳總統『一次讓足』（包裹式的讓步，而不是一步一步讓）的決定使大陸當局吃下一顆定心丸，短期內不必再爲所謂『臺獨問題』進行大規模的軍事演習，而改採『聽其言，觀其行』的柔性策略。」見吳安家，「陳水扁的大陸政策觀」。

18. 中國文化大學大陸所所長高輝教授在2001年6月29評論本文時所給予的意見。

19. 《2000年中國的國防》白皮書，於2000年10月16日發布，在第二節「國防政策」中，有段文字是說「如果臺灣當局無限期地拒絕通過談判和平解決兩岸統一問題，中國政府只能被迫採取一切可能的斷然措施，包括使用武力，來維護中國的主權與領土完整」。可自新華網擷取全文內容。請見新華社網址：http://big5.xinhuanet.com

20. 有關2000年12月31日所發表的「元旦祝詞」，請見附件。

21. 北京社科院臺研所副所長余克禮表示，陳水扁在談話中一方面表示要回歸憲法，卻提出「未來一個中國」的說法，根本前後矛盾，顯然缺乏誠意。見聯合報，民國90年1月1日，二版。

22. 陳水扁發表「統合論」之後。行政院新聞局經與國安會、陸委會等單位商議多時後，決定採用「INTEGRATION」的英譯，據聯合報的內部消息分析，對此英譯，總統府方面並未予干預，僅提示一項原則，就是翻譯內容不可以讓人有「統一是唯一選擇」的聯想，請見聯合報，民國90年1月5日，二版。至於陳水扁本人則說，大家看「統合論」時，不要只看報紙的標題，要看「我的做法與實際內容」，見彭威晶，「陳總統：統合論，絕不忽略人民意志」，聯合報，民國90年1月16日，十三版。但是稍後，陳水扁又說，政治統合的新架構，不論是邦聯、聯邦、國協及歐盟模式，都必須依照中華民國憲法，維護主權尊嚴及臺灣安全與和平前提下，尋求穩定的兩岸關係，見中國時報，民國90年2月23日。以上三段引述，很難斷論陳水扁的「統合論」到底是什麼方向，只有陸委會主委蔡英文，說了一句雖然沒有結論但還算讓人瞭解的話：政治統合的概念與統一，獨立，維持現狀等三個選項，「並沒有必然相互排除的關係」，但政治統合是否可作爲選項，仍有保留空間，同時，兩岸政治統合論，可以是兩岸關係發展的一個方向，過程，也可以是目標，見中國時報，民國90年1月20日，四版。由於大陸政策在政府最具權威來闡釋的兩位人士，都不能說得清楚，也因此外界反應就不能定於一尊。大陸學者陳孔立就說，作爲兩岸關係發展方向，「統合」的含義是相當模糊，顯然「統合」有別於統一，根本的區別可以有兩種：（1）如果「統合」是走向統一過程中的一個階段，則是朝向「合」的方向；（2）如果把「統合」和統一對立起來，只有統合，沒有統一，那就是朝「分」的方向。陳孔立的看法是2001年1月5日透過傳眞給新黨作爲一項座談會的書面資料。至於臺灣內部，傾向統派的人士當然指的就是「統一」方向，如新黨座談會的結論便是，見中國時報，民國90年1月6日，四版。但是民進黨立委則認為，經過幾次修憲，已落實中華民國是立憲主權國家，他說如果統合論如同歐盟的整合模式，國與國之間各交出部分主權，並且在互惠狀況下共享部分主權，則應該也是可以考慮的模式，見中國時報，民國90年1月5日，四版。在美國洛杉磯西方文理學院政治系主任季淳則說，「政治統合」指涉的是「統一」還是「整合」，至少它指的不是「獨立」。見聯合報民意論壇，民國90年1月20日，十五版。中研院歐美研究所「歐盟研究小組」成員張亞中則在民進黨社發部一場小型演講會中，建議民進黨不要用「統中有獨，獨中有統」來解讀「統合」，用「分中有合，合中有分」可能更容易被接受。見中國時報，民國90年1月5日，四版。

23.有關「跨世紀中國政策白皮書」全文內容，請上網 http://www.futurechina.org/links/plcy/dpp/dpp19991115.htm

24.陳水扁在2001年5月5日接見日本自民黨眾議員綿貫民輔訪問團時表示，在兩岸對等、和平方式解決爭端，對未來不預設方向等三原則下，臺灣願意與中共重新展開對話，並在這個基礎上簽訂任何協議與和平條約，見中國時報，民國88年5月6日，頭版。

25.請見註一。其實陳水扁類似的談話，在民國90年5月10日于高雄佛光山與臺灣媒體主管茶敘時，也有提到這方面看法，他說：「兩岸關係未來如何開展，絕對要符合三大原則：第一、民主；第二：對等；第三：和平。」請見中央社發自高雄全部問答的全文，聯合報，民國90年5月11日，四版。

26.亞洲華爾街日報的專訪內容中，陳水扁曾說，Equality「is an inviolable principal of dialogue between China and Taiwan.」陳並說：「Equality means being equal.」「There should not be one person who is the center, one who is local; one person is master, one person is his servant.」請見Peter Stein and Erik Guyot,「President Tackles Taiwan's Concerns - Relations With U.S. and China Bring Out the Statesman in Chen」, The Asian Wall Street Journal, May 10, 2001, p. 1.

27.此爲陸委會副主委陳明通在中央日報「紙上座談」專欄上主講的內容，請見記者洪儒明整理的文稿，「扁政週年大陸政策回顧與前瞻」，中央日報，90年5月27日。

28.中國時報曾將陳水扁接受「洛杉磯時報」專訪的部分內容予以轉載，有關論文中引述的一段看法，可參考中國時報，民國89年3月23日，二版。但原文是如此寫的：「Although Chen said he would be willing to discuss with Beijing the idea of『one China』, he rejected Chinese President Jiang Zemin's assertion this week that Taiwan should embrace『one China』as a precondition for talks. If Taiwan accepted Jiang's idea, he said,『it would be very difficult actually to enter into discussions [with China] on an equal basis』.」請見Jim Mann,「Taiwan's New President Backs Sino-American Trade Politics: Chen says he wants the island and mainland to both gain entry into the WTO and improve cross-strait ties」, Los Angeles Times, March 22, 2001. p. A1.

29.陳水扁是在就職後首次出訪中南美邦交國過境洛杉磯時對前往迎接的美國AIT理事主席卜睿哲所發表的看法，請見中國時報，民國89年8月15日，十四版。

30.民國89年3月20日陳水扁以總統當選人的身分，在拜會其大選時期擔任國政顧問團成員長榮集團總裁張榮發時發表了這樣的看法，請見中國時報，民國89年3月21日，頭版。

31.（1）民國89年3月17日陳水扁在最後一場選舉造勢活動中，向支持群眾提出「五大保證」，其中之一便是追求臺海兩岸永久和平，參見中國時報，民國89年3月18日，二版。

（2）陳水扁在當選記者會中就強調「追求臺海永久和平是總統的使命與天職」，中國時報，民國89年3月19日，二版。

（3）在哥斯大黎加，陳水扁與哥國總統均認爲，國家元首要維持國家社會安全與安定，做到「避戰」，不可發生戰爭，這是作爲國家領導人的重責大任與道德義務，中國時報，民國89年8月21日，頭版。

32.有關江八點與李六條之全文內容，均可參考邵宗海，兩岸關係：《兩岸共識與兩岸歧見》。臺北：五南出版公司，民國87年，所收錄的文件。

33.五二〇演說內容的全文，請見附件。

34.請見中國時報發自聖多明哥市的報導，民國89年8月18日，頭版。

35.（1）陳水扁在接受美國紐約時報訪問時特別提出「The KMT government made unification the only possible conclusion for Taiwan's future, the only resolution of cross-strait relations.」said Mr. Chen...「This way of handling it is contrary to public opinion.」請見Mark Landler 發自臺北的報導，New York Times, September. 2, 2000 section A. p. 3.

（2）有關陳水扁在2000年9月22日接受美國CNN的專訪時有關談到統一不是唯一選項的看法，請見林晨柏，「陳總統：兩岸一定會進行政府間對話」，中國時報，民國89年9月23日，頭版。

36.林晨柏，「陳水扁：邦聯制取代兩國論有很大討論空間」，中國時報，民國89年4月22日，頭版。

37.林晨柏，「陳水扁：只要一中不是原則，聯邦、邦聯、國協都可談」，中國時報，民國89年4月23日，頭版。

38.鍾年晃，「陳總統：七成臺灣人不接受一國兩制，他指出：說的話都被中共用比較偏頗的角度去解釋，而不能以建設性立場來想」。聯合報，民國90年6月19日，十三版。

39.鄭漢龍，「大陸學者評估民進黨執政一年」，《中國評論》，第41期，2001年5月號，頁42。

40.此爲引述中央社記者周慧盈報導的全部結論內容，請參考中央社網址http://www.cna.com.tw/

41.陳水扁是在2001年8月31日接見日本眾議員加藤紘一、園田博之及加治屋義等所表達的，詳細內容可參考中央社網站http://www.cna.com.tw/

42.陳水扁在經發會開幕典禮上所發表的這一段說辭，請查總統府網站http://www.oop.gov.tw/1_president/index.html

43.美國國務院看法是應台北聯合報記者張宗智的詢問而表示，請見聯合報，民國90年8月29日，二版。

44.路透社的消息係參考美國世界日報之轉載，世界日報，2001年8月28日，頭版。新華社的看法係由美國世界日報之轉載，請參考世界日報，2001年8月30日，頭版。

45.羅嘉薇，「大陸記者駐點，限定大臺北」，中國時報，民國90年5月11日，請見中國時報網站：
http://news.chinatimes.com

46.「國臺辨：兩岸新聞交流嚴重失衡」，聯合報，民國90年7月19日，十三版。

47.詳請參閱，「小三通具促進兩岸和平積極功效」，金廈郵報，民國89年12月27日，請見金廈郵報網站：
http://home.pchome.com.tw/internet/kinxiaep/

48.詳請參閱，「政院發布小三通說帖」，工商時報，89年12

月21日，請見工商時報網站：http://news.chinatimes.com

49.請參考行政院大陸委員會新聞信，2001年4月16日出版。

50.詳請參閱，「兩岸城市交流將全面開放」，聯合報，民國90年2月4日，請見聯合報網站： http://udnnews.com

51.詳請參閱，「總統說將以積極開放有效管理規劃新經貿版圖」，中央社，90年2月16日，請見中央社網站http://www.cna.com.tw

52.詳請參閱，「蔡英文：檢討戒急用忍建構機制，促使資金回流」，中央社，90年2月2日，請見中央社網站http://www.cna.com.tw

53.王銘義，「開放大陸人士觀光，調整戒急用忍跳票」，中國時報，民國90年6月30日，二版。

54.「邱義仁：我們不能接受中共的『一中』」，聯合報，民國90年6月20日。

55.「對岸若設條件，我方不會鬆綁」，聯合報，民國90年7月17日，二版。

56.李志德、郭瓊俐、林新輝「大陸人民來臺觀光，六月前試辦」，聯合報，民國89年10月21日，頭版。

57.傅棟成的說法，見王銘義，「開放大陸人士觀光，調整戒急用忍跳票」，中國時報，民國90年6月30日，至於民進黨立委王拓等人的說法，見凌佩君，「立委痛批信口開河」，聯合報。民國90年6月21日。

58.楊羽雯，「大陸人來臺觀光，採總量管理」，聯合報，民國90年7月6日，四版。

59.詳請參閱，林則宏，「陸委會擬制定完整兩岸經貿法規」，中國時報，90年4日25日，請見中國時報網站http://news.chinatimes.com

60.詳請參閱，李金生，「陳總統：兩岸勢必要談三通議題」，中國時報，89年5月22日，請見中國時報網站http://news.chinatimes.com

61.詳請參閱，康彰榮，「三通問題盼與中共儘速坐下來談」，工商時報，89年5日23日，請見工商時報網站http://news.chinatimes.com

62.詳請參閱，總統府網站90年2月16日新聞稿部分，網址http://www.president.gov.tw

63.詳請參閱，總統府網站90年1月12日新聞稿部分，網址http://www.president.gov.tw

64.請參閱「總統發表電視錄影談話」，民國90年5月18日，網址http://www.president.gov.tw

65.香港信報執行總編輯對陳水扁的專訪內容，有部分摘要聯合報已予刊登，請見聯合報，民國90年4月27日，四版。

66.于國欽發自上海之報導，中國時報，民國90年6月7日，十一版。

67.請見陳水扁兩岸關係春節談話（陳水扁對於兩岸關係的七項主張），請查詢民進黨網站：http://www.future-china.org.tw/links/plcy/dpp/abian20000130.htm

68.請見總統府網站：http://www.president.gov.tw

69.請見聯合報，民國90年5月11日，五版。

70.請參考註23。

71.陳水扁總統于7月27日接受美國商業周刊亞洲區編輯柯立福的專訪，該刊於8月4日出版，專訪全文內容中央社8月3日自紐約發出，詳情可參考中國時報，民國89年8月5日，十四版。

72.陳總統的看法，請見劉添財，「陳總統：護照加諸臺灣字眼，勢在必行」，中國時報，民國90年6月19日，四版。

73.「唐樹備點名扁李支持文化臺獨」，聯合報，民國90年6月27日，十三版。唐樹備的談話是由新華社報導，談話的場合是海研中心所舉辦的「中華文化與兩岸關係論壇」的開幕上致辭。

第三章
陳水扁大陸政策的策略運作

第一節 陳水扁大陸政策形成因素

在前一章分析陳水扁的大陸政策，可以發現有些政策的制定，陳水扁是採取非常明確而且公開的立場，譬如說他在處理兩岸關係的三個主軸——民主、對等與和平原則方面不曾有任何的妥協或退讓態度，另外在政策上一些積極性的建議方面，陳水扁也是毫不遲疑的予以立即推動，儘管有些政策的宣示與執行還是呈顯有落差，不過政策內容與政策執行態度上的明確是可以肯定的。

但是，在一些兩岸之間經常引起爭議的話題，如「一中原則」或「九二共識」的觀點，或在臺灣內部比較敏感的話題，如「我是臺灣人也是中國人」，或臺灣「國家定位」的看法，陳水扁則一律採取迴避或閃躲的做法，讓他的大陸政策又充滿了「不定性」與「模糊性」。

究其原因，陳水扁的大陸政策之所以有時「堅定不移」，有時又「閃爍不定」，依政治系統理論來分析，當然是因爲它政策的輸入，包括支持與需求的因素，可能是來自於各種不同環境下的產物，把它們處理在一種複雜而且繁瑣的互動思考過程裡，當然就會有不同的輸出結果。

David Easton的政治系統理論，就是用來解析陳水扁大陸政策決策模式過程架構的最佳方法。依Easton的看法，政治系統所處的環境本身可分爲兩個部分，就是社會內部（Intra-societal）與社會外部（Extra- societal）。所謂社會內部系統包括經濟、文化、社會結構或人的個性這樣的各種行為、態度和觀念。所謂社會外部，是包括那些所有處於某社會本身以外的系統，它們是一種國際社會的功能部分。[74]

一、陳水扁大陸政策的政治系統模式裡之社會內部因素

在陳水扁大陸政策的政治系統模式裡，它的社會內部因素就是包括了下列四大部分：

（一）民進黨部分

臺獨黨綱的的理想與目標是否需要堅持與兌現？民進黨內部各派系對「臺灣走向」的不同觀點是否要尊重並予以平衡？臺獨基本教義派的激烈看法固然可以權衡接受與否，但是可否完全放棄爭取對他們選票的支持就成為陳水扁大陸政策中不能去除「臺獨傾向」的關鍵所在。

（二）在野聯盟主導國會事實部分

目前國民黨在立法院所佔之席次已略超過半數，加上親民黨與新黨的奧援，已達足夠的多數。許多重要的法案，包括與兩岸關係有關的政策措施，如果不能事先得到在野聯盟的支持與理解，可能相關的法律與經費就會遭遇到「杯葛」。陳水扁在大陸政策重要決策的宣示上，是否要考慮到立法院在野聯盟形成多數的事實？

（三）陳水扁個人因素部分

2000年總統大選，陳水扁只有獲得總得票率百分之卅九的支持，雖然依憲法「相對多數」即是當選的條文可合法就職，但在政治影響力上他只是一位「少數總統」卻是不容置疑的事實。因此，如何在政策制定過程上考量到其他超過百分之六十未曾支持過他的民意趨向，就成爲陳水扁不能省略的背景因素。

另外，陳水扁的「律師性格」，導致他處事原則比較傾向妥協，會不會進而也影響到他原先理念堅持的部分，實際上也需要討論。

（四）臺灣內部經濟衰退的環境部分

陳水扁政府執政一年之後，股市指數不僅在2001年7月中旬大幅滑落到4200邊緣，創近七年半以來的新低點，而且經濟成長指數預測數度向下修正到2.2%，（行政院主計處在8月17日公佈2001年第二季經濟成長率，已低於負2%）甚至失業率在2001年7月中旬飆到歷史新高的4.51%，在在顯示臺灣的經濟衰退已經面臨嚴重的病態，如果再將美國時代雜誌7月17日的專文預言臺灣將如1997年前泰國一樣面臨亞洲金融危機，[75]那麼對臺灣來說，它眞的是財經雙重衰退的壓力。在臺灣一般討論如何改善經濟困境時，總會先提到兩岸僵局的解決，也因而經濟復甦的方案中就必須同時考量到大陸政策的調正。2001年7月所舉行的「經發會」就是一個具體例子的說明。

另外在社會內部因素部分，Easton尚提到「在某個社會中，政治系統之外的許多系統造成了種種影響，從而建立和形成了政治系統自身必須在其中運作的條件。」[76]這些所謂政治系統之外的許多系統，在臺灣來說譬如像本土意識所導致產生的「本土文化價值系統」，或像臺灣必須強調出口導向進而十分依賴外銷市場的「海島經濟系統」，往往除了在它們本身獨立運作之外，常常尚會跨越至政治系統中來影響到大陸政策制定過程，變成是互動關係中另一因素。所以單單只看到政治系統中政經、文化社會及個人因素，而忽略了與其它系統的互動關係，很可能就忽略了對大陸政策影響必需要全面性的觀察。

一、陳水扁大陸政策的政治系統模式裡之社會外部因素

至於陳水扁大陸政策政治系統裡的社會外部因素，則涵蓋下面兩大部分：

（一）首先是兩岸大環境的因素

陳水扁縱然有上千個理由認爲臺灣不能接受「一個中國」、「一國兩制」及「統一是唯一選項」，但是陳水扁無法排除自1987年以來兩岸在人道、文化與經濟巨大交流中所產生的共識與情節。如何在兩岸對立之中又要營造和緩的氣氛，如何在兩岸交流中又不能失掉臺灣應有的尊嚴與對等地位，當然就形成了陳水扁大陸政策制定過程中最難

取得平衡點或最大公約數的地方。

(二)其次是美國及國際社會對臺灣觀點的因素

其實臺灣處在兩岸關係的變動位置上，往往會因外界的觀察角度不同切入，而變成「受欺壓的角色」或是「麻煩的製造者」。若是前者的認定面居多，特別是與美國的看法一致，臺灣當然就贏得奧援，但是有時臺灣不經意也會跌入國際社會交相指責的「麻煩的製造者」角色，譬如1999年7月李登輝發表「特殊兩國論」所引起兩岸緊張的情勢，就被美國指爲刻意向中共提出挑釁。在這種情況下，臺灣很可能在一觸即發的臺海危機中，要獨力來承擔對岸的武力威脅。因此陳水扁接任之後，有許多大陸政策的宣示，不難看出必須配合美國在亞太地區戰略目標的痕跡，那就是力求不挑釁中共以求臺海情勢的穩定。

以上所述的各種因素，不論是屬政治系統之內的社會內部或社會外部，甚至於包括政治系統以外的系統，均可列爲Easton決策模式理論中的需求（demand）和支持（support）轉爲輸入項，這也就是所說的資源（raw material），然後系統就對輸入的資源進行加工，其加工的方式，如Easton所描繪，「爲一個巨大的轉換工程」，最後當然就是政策的輸出。[77]陳水扁大陸政策在過去一年有許多不是相當明確內容的宣示，或是政策初階段的建議，就是在這種情況下作公開的表達。

不過，Easton也說明了上述的資訊輸入與政策輸出是「靜態政治系統的圖像」。實際上，很多政治理論必須弄清楚一切系統是如何能夠長期地存在，並不斷的做出這樣的決策。所以Easton說，需要一種延續的系統理論。這也就是說，不能同意把輸出作爲政治過程的終結點。因此，轉換過程的輸出可以對系統作出回饋，並形成系統後續的行爲。Easton在解說時，特別提出回饋是直接回到「環境」中去的輸出結果，這種結果可能以某種方式再次形成「環境」，也就是說，它們可能影響環境中的條件與行動。輸出能夠以這種方式不斷的改變對輸入的影響，進而就改變下一波輸入的本身。[78]

這個Easton書中的輸出結果，轉換成「回饋」，最後又形成新的「輸入」因素，就是說明了陳水扁的大陸政策在過去一年之所以不斷有轉折，或有調正，或有改變的痕跡存在最重要的關鍵所在。他幾乎對政策最早的宣示或建議，都當成「政治氣球」的功能來處理，如果遇到肯定的回應，則政策內容與精神則予延續及擴大；如果面臨是強力的反彈，則政策更弦。經過回饋之後，再以另一新面貌出現。前者的例子如主張「兩岸穩定論」，後者例子如曾同意「一中各表」後又否認有「九二共識」的說辭。因此，當外界經常對陳水扁有些政策宣示覺得有模糊不清或方向不定時，那很可能只是最初的政策輸出結果，他必須要經過多次回饋再輸入的過程，等到那時政策輸出結果就比較具有明確的內容。

實際上這只是政策系統理論中最基本的觀念，但是用來解析陳水扁大陸政策的決策模式，卻是說明他大陸政策給予外界模糊的原因所在。或許，從好的角度來評估，陳水扁的大陸政策制定過程懂得如何尊重民意與順應主流，進而再作出不同程度的調正。但若從負面的看法去評估，則又會發現陳水扁太過於取巧運用權謀的心態來制定政策。無論如何定論，恐怕都有一番爭議。

第二節 陳水扁大陸政策的策略運作

陳水扁曾經說過，與中共當局交手，必須「以戒慎恐懼的態度，以柔弱勝剛強的策略，謹慎處理兩岸問題」，[79] 不過這只是種理論，若要放到現實的政治環境裡實際運作，可能他還需要採取更多的策略。

嚴格來說，陳水扁的策略並沒有跳脫國民黨過去傳統維持大陸政策模糊性的手法，不過，他也有他突破的格局，那便是形式上他會說些使得外界聽來比較「柔順」、「溫和」以及「善意」的用辭或建議。而且只要不觸及到新政府接不接受「一個中國原則」或「是不是中國人」的敏感主題，他會全部毫不吝嗇的提出包括了「兩岸本是同一血源」一類國民黨過去也較少會說的話。但是陳水扁也有他比國民黨更難跳躍的關卡，那就是北京原本對他不予信任的認知，進而壓縮了他可繼續運用國民黨傳統採用的

「模糊空間」。所以在探討陳水扁大陸政策的策略運作時，不能用光譜兩端的價值取向來衡量，否則就會得出失衡的結果。過去，我們就發現每當陳水扁說出的一段話，在臺北解讀可為「善意」，但到了北京便變成了「文字遊戲」。另外，在民進黨來說，統合論的說法是「統中有獨」，可是在野聯盟卻截釘就鐵的說，這本就是邁向統一整合的目標。實際上，陳水扁談話是否「善意」，發表統合論是否追求兩岸整合，在策略上，他當然不會說得很清楚，因為有時候政策上已經不十分明確時，在策略上更是要做到非常「撲朔迷離」。

基本上，這種兩岸看法有不同，朝野解讀有迴異，甚至於連民進黨內部都有各持一把尺來度量的分歧下，眞可把這樣的政策模式稱之為「阿扁式的大陸政策」。這方面特點至少可整理出來六種現象，實際上這種現象背後所操縱運作的就是陳水扁主導的「策略」。

一、他不會挑起可能產生與中共直接挑起軍事衝突的措施。

要去避免發生這樣的緊張情勢結果，陳水扁有點狡猾的採取了一些言詞上特別強調說明的措施，讓中共即便想用兵也師出無門。

譬如說，他在五二〇就職演說稿中，提到了「四不一沒有」的宣示，就是企圖先下手為強，把北京過去有意藉此動武的一些可能性，先行排除。但是，在現實政治環境裡，陳水扁也非常瞭解事實畢竟仍然存在；包括了國統會沒有廢除但可以不召開；兩國論不會入憲但是大家心知肚明就好；臺獨不會，兩個中國不可，不過只要國際社會有認知就行；中華民國國號不會更改，統獨公投不會舉行，這本就是臺灣內部主流民意，陳水扁既無意也無力可去主導。

二、他在所有重要談話場合裡，充分釋出了對北京的善意，以及展示出他有點受到委屈的「忍辱負重」的形象

以2000年年底發表的元旦談話講稿來說，以「對岸」稱呼北京，代替過去慣稱的「中國」，以「積極開放，有效管理」代替「戒急用忍」，甚至連「政治統合的新架構」一詞都出籠，若再加上五二〇演講中提及「海峽兩岸人民源自於相同的血緣、文化和歷史背景」的這段話，若硬拗說陳水扁說法沒有「善意」眞的是缺乏良知。而且以他過去多年來對北京強硬的立場來對比，在擔任總統之後顯示爲國家安全利益頓然「軟化」那麼強烈，要陳水扁的支持者不爲之抱屈都有困難。隨之受到影響波及的，便是反陳水扁的政黨很難在這方面著力批評，而中共當局更難見縫插針。

三、他在大陸政策製造模糊空間，很難讓外間定論

進而，不管在野黨或北京當局，都很難能立即指著陳水扁鼻子說他是「統」或是「獨」的支持者。

下面的例子可充分說明陳水扁給予政策的多樣性：

關於「一個中國」，陳水扁從來沒有明確說過「接受」，但是自五二〇演說至今，他也從沒有說過「拒絕」。2000年6月27日在接見美國亞洲基金會代表時，陳水扁還說過新政府還願接受九二年「一個中國，各自表述」的共識，只不過無法接受「一個中國」就是「中華人民共和國」的觀點。[80]雖然三天後（6月30日），在會晤美國外交政策全國委員會訪問團時，陳水扁否認了兩岸在九二年曾就一個中國原則達成共識或結論，從此只提「九二精神」一詞，[81]但是這並不代表他完全排斥「一個中國」說法。在就職演講稿中提到「共同處理未來一個中國的問題」說法就是一例。另外，在2000年7月12日會晤民進黨立委時，特別說到「我是中華民國總統，當然要說一個中國，不過這個中國是未來中國，而不是中華人民共和國」這個觀點是另外一例，[82]若再加上元旦祝詞提到「憲法一中」「原本並不是個問題」的看法，可以看出陳水扁是有保留對「一個中國」說法退讓空間。

關於「統獨方向」，陳水扁的說法更是讓外界充滿想像

空間。「統合論」一出爐，各界說法不一，有人認為是走向統一的主張，有人則解讀成是「統中有獨」的宣示，更有人直接詮釋成是臺灣是主權國家的另類說法等，[83]這些說法構成一個特點：就是沒有定論。其實陳水扁如此捉摸不定的說法還不止於上述的「統合論」，包括他2000年9月1日接受紐約時報訪問時說到「以統一為解決兩岸關係的唯一途徑，這種做法違反臺灣民意」這段話，[84]聽起來固然是陳水扁排除了「統一是唯一選項」的傳統政策，但另方面，誰又能說他完全排除「統一」可能性嗎？

這就是陳水扁大陸政策追求模糊的高明處，他讓外界無法對他政策定論，但又對他政策充滿想像空間。

四、他的政策始終與美國對華政策的主調相契合，不讓華府為難

眾之所知，美國對北京的政策是建立在「一個中國，兩岸對話，和平解決臺灣海峽爭議」的認知上，所以陳水扁就任之後，不曾提過任何否定一個中國政策（注意：不是原則）的說法，像是建議兩岸共同處理未來一中問題，或是認知中華民國憲法，「一個中國」原本不是個問題，在廣義上都可說明陳水扁政府確沒有否定「一個中國」政策，但並非確認「一個中國原則」。同時他也數度呼籲兩岸儘速恢復辜汪會晤或會談，特別在和平方式解決兩岸爭端方面更是多次強調，從2000年3月18日當選感言提到「追求

臺海永久和平是總統的使命與天職」，到8月19日在哥斯大黎加說到「避戰」處處見到多方配合華府「期許」的痕跡。在這種情況下，美國怎能在危急時刻放棄這麼合作的「盟友」？只要美國不能「遺棄」臺灣，至少是新政府可以向臺灣社會交代的一項功績。

五、陳水扁顯然也希望今後大陸政策有點「國際化」

這個用意所在就是讓目前國際社會對於臺灣處理兩岸關係問題上的態度與措施，能給予理解與支持。譬如說，在五一八就職週年談話裡，陳水扁表達能親自出席10月在上海召開亞太經合會議的意願，期盼能像去年南北韓領導人歷史性「握手的一刻」，與江澤民面對面談兩岸三通的問題，其實類似的提議在李登輝主政時代已經提過多次，但不幸都在中共杯葛下未能如願。如今陳水扁重提此議顯然並不是在求兌現，而是利用目前一些時間上的有利因素，來向國際社會喊話尋求同情，而所謂時間上因素正是包括5月20日他就職週年前夕，舉世均在注意他要在兩岸關係話題上會說些什麼？而接下來5月21日他即將出國前往中美洲友邦訪問，在過境紐約時他又會作些什麼？雖然，事後他並未在大陸政策上著墨些什麼，但是得到國際社會大幅注意卻是個事實。

加上這段期間，中美之間因撞機事件雙方關係走壞，布希新政府正以近年較爲罕見對臺友好態度來處理臺美關係。高規格的軍售結果固是一例，連陳水扁過境紐約華府當局認定是可晤國會議員並說是符合美國國家利益，恐怕這些說辭臺北事先都未能預期有如此「突破」。陳水扁雖說他不會因布希轉向支持臺灣而沾沾自喜，但在接受「今日美國報」訪問時，他仍然無法掩蓋內心的狂喜說出他「將是中華民國史上第一位過境紐約的總統」。[85]這種內心的激動，正好說明了陳水扁是要善用時間上與背景上的有利因素，讓國際社會特別是美國政經界，瞭解到臺北並非無意解決當前的兩岸僵局。寧願說，是臺北提出所有良好的建議都得不到北京善意的回應。

其實，阿扁主攻的話題又何僅只是APEC的參加與江澤民的會晤而已。在對美國「外交關係協會」越洋視訊的談話裡，他也特別向群集在華府的菁英們點出北京在過去從不與他或執政的民進黨直接交涉的事實，並提出以「民主、對等、和平」三原則來談「統合論」。[86]這些說辭顯然相當能打動這些不十分瞭解兩岸問題複雜性的美國人。當然，爭取他們的理解與支持就十分的明顯。

六、陳水扁有傾向今後大陸政策對北京採「冷處理」方式

所以，儘管中共副總理錢其琛在2000年5月10日會見蕭萬長時表示，陳水扁就任快一年了，大陸方面將看看他怎

麼說。但是陳水扁在兩岸均企頸在聽他就職週年是否發表重大兩岸關係談話時只是避重就輕的提出他希望參加亞太經合會的陳調，當然這其中作用之一就是無意在兩岸問題上尋求「突破」。

其實這裡用的「冷處理」一詞，與北京採取「聽其言，觀其行」的心態是有點一樣。那就是陳水扁團隊認爲，既然過去善意多次釋放，都得不到北京任何一次的「正面回應」，還不如趁著目前對臺灣並無迫切而立即需要的情況下，暫且擱置對北京釋放「政策善意」的措施。希望藉此觀察一下大陸內部可能部署的進一步動向，然後再行定奪。至於北京希望臺北能表達「一個中國原則」的立場，當然在中共沒有任何善意措施的釋放情況下也就可將之暫擱一旁。這種思考對陳水扁團隊來說，就是既然過去的善意釋放都沒有加分，那麼再繼續努力也只有在原地踏步而已。當2001年大選顯見會以「經濟」與「治安」爲主要辯論議題之時，新政府不提新的兩岸話題，很可能就不會引起爭議。

但是，大陸政策的國際化，可能正是北京神經最敏感的末梢處，若有不當處理，恐怕引起的反彈非臺北所能預控，至於大陸政策的冷處理，則要看時間是否站在我們這一邊，或者更明白的說，在兩岸謀略對壘的時候，臺北擁有的籌碼是否夠多。否則，這種策略必須重新調整。

其實，北京當局今天在對臺政策底線裡，並非一定要臺北明確說出會接受一個中國原則或是會走向統一。最重要的是：第一、不能有任何二個具有主權性質的政治實體在海峽兩岸接觸與談判中出現；第二、不能因爲任何政治性議題的討論及談判，導致「一個中國原則」受到衝擊，甚至毀損。只要臺北在政策上無意有這樣的走向，北京就可「按兵不動」。這就是中共屢提「聽其言，觀其行」的關鍵所在。所以，北京只是等候在看陳水扁必須出棋之時他的步伐是如何邁出，以確定他的說詞與行動一致或不一致。當然，陳水扁也非弱者，現階段尚未進入出棋時刻，思考階段又何必把底牌全部掀清？這樣策略，北京當然也全然了胸。只是，兩岸智慧謀略對壘，臺北較少想到時間到底是否站在臺灣一方？

註釋

74.王浦劬譯，《大衛・伊斯頓著，政治生活的系統分析》（*A Systems Analysis of Political Life*）。臺北：桂冠圖書股份有限公司，1992年5月，頁24。

75.臺灣股市在2001年7月18日以4219點收盤，創近七年半以來的新低點，見「法人：加速趕低，好過慢性盤跌」，工商時報，民國90年7月19日；至於經濟成長指數2001年的預估，依中華經濟研究院的評估報告是向下調整到2.22%，見網http/www.cier.edu.tw/FCT/NEWS903.HTM。但行政院主計處在民國90年5月25日發布的資料則爲

4%；另外失業率部分，見行政院主計處在民國90年7月23日所公布國情統計報導第137號。有關時代雜誌的金融危機報導，請見中國時報，90年7月17日，二版。

76.王浦劬譯，《大衛·伊斯頓著，政治生活的系統分析》，頁24。

77.同上註，頁29-30。

78.同上註，頁32-34。

79.陳水扁總統於2001年5月19日接見歐洲議會友華小組議會訪問團，在談到兩岸問題，提出這樣看法，詳細內容請查詢總統府網站：http://www.president.gov.tw

80.張瑞昌，「陳總統首度表明接受一中各自表述」，中國時報，民國89年6月28日，頭版。

81.夏珍，「陳總統：臺灣人民堅決維護中華民國主權」，中國時報，民國89年7月1日，二版。

82.劉添財、陳嘉宏，「陳總統：兩岸緊張趨緩，現在球在中共那邊」，中國時報，民國89年7月19日，四版。

83.請參考註22。

84.請參考註35。

85.陳水扁是在2001年5月2日在總統府接受「今日美國報」記者Paul Wiseman訪問，該項專訪於5月3日刊出，在該專訪中，陳水扁回答說：「如果可以順利的過境紐約，我相信將會寫下歷史的紀錄，成爲中華民國第一位過境鈕約的總統」。該內容請查詢新聞局網頁

http://publish.gio.gov.tw/newsc/newsc/900503/90050306.html

86.陳水扁在2001年5月17日在總統府以視訊會議方式，與美國華府「外交關係協會」（The Council on Foreign Relations）進行會談，這項談話全文內容以及與會員答問內容，請至總統府網站查詢：
http://www.president.gov.tw

第四章 中共當局對陳水扁大陸政策的反應

第一節　期待階段

第二節　檢驗階段

第三節　不耐階段

第四節　迷惑階段

第五節　攤牌階段

註釋

如果從陳水扁贏得大選就職總統之後，認爲北京對他的態度與立場是開始有所和緩與善意，那麼這種結論當然是不切實際。但是反過來說，認爲北京對臺政策在陳水扁就任之後就轉變成絕對的強硬與敵意，恐怕也不盡符事實。實際上，北京在視待陳水扁的態度與立場方面，可能也與陳水扁的大陸政策一樣，有點模糊，也有點轉折，甚至不同的時期還會有不同的看法。這到底是陳水扁的大陸政策有所調整，進而影響了北京對臺北的態度？還是因爲說中共對臺政策有所改變，進而就影響了臺北對北京的看法？這種辯證固然會是個很有價值探討的主題，不過卻也衍生出了「蛋生雞或雞生蛋的難題」。唯一在書中能提供的，便是收集了中共當局對陳水扁就職之後一連串重大事件的反應，只有在解析這些反應內容過程中，才能發現北京當局可能是因陳水扁的政策有所調整而產生了不同風貌的策略反應。基本上，根據上述的方法，就北京針對陳水扁就職之後的政策反應而言，大致分成五個時期，分別是「期望階段」、「檢驗階段」、「不耐階段」、「迷惑階段」以及「攤牌階段」，下面便是試著來分析不同時期中共對陳水扁採取了不同程度的回應。

第一節 期待階段

陳水扁在2000年5月20日就任總統時所發表的一篇演

說，在書中前面已有評估一篇能闡述新政府大陸政策的重要談話。而對北京當局來說它的回應也是相當罕見的「快速」，在陳水扁五二〇演講稿發表後不到三小時的時間內，就由中共中央臺灣工作辦公室、國務院臺灣事務辦公室，在得到中共中央的授權的前提下，對陳水扁的談話做出回應。聲明稿一開始就觸及到主題說：「今天，臺灣當局新領導人發表講話，其中宣布了對兩岸關係的有關政策。這篇講話提到了不會宣布『臺獨』，不會推動『兩國論入憲』，不會推動『統獨公投』，沒有廢除『國統綱領』與『國統會』的問題；但在接受一個中國原則這個關鍵問題上採取了迴避、模糊的態度。顯然，他的『善意和解』是缺乏誠意的。一個中國原則是兩岸關係和平穩定發展的基礎。臺灣當局新領導人既然表示不搞『臺獨』，就不應當附加任何條件；就更不應當否認一個中國、臺灣是中國一部分的現實，把一個中國說成是『未來』的。是否接受一個中國原則，是檢驗臺灣當局領導人是維護國家主權與領土完整，還是繼續頑固推行『臺獨』分裂政策的試金石。」[87]

儘管上述的北京回應，對陳水扁的談話內容確有無法全般接受的痕跡，但是對於政黨輪替之後的新政府，北京顯見仍有所期待，像這篇聲明稿的後段就顯示出有這種傾向：「我們重申，在一個中國原則基礎上進行對話與談判，實現雙方高層互訪。在一個中國原則下，什麼問題都可以談。江澤民主席提出的八項主張早就指出，作為第一步，雙方可先就『在一個中國原則下正式結束兩岸敵對狀態』進行談判，並達成協定。當前，只要臺灣當局明確承諾不搞『兩國論』，明確承諾堅持海協與臺灣海基會1992年達成的各自以口頭方式表述『海峽兩岸均堅持一個中國原則』的共識，我們願意授權海協與臺灣方面授權的團體或人士接觸對話。

臺灣當局新領導人應當審時度勢，順應歷史潮流，摒棄分裂主張，走和平統一的光明大道。如果眞想謀求兩岸關係的和平、穩定、改善和發展，舍此沒有第二條路可走。臺灣問題不能無限期地拖延下去。任何形式的分裂祖國的圖謀和『臺灣獨立』的道路都是走不通的，都是包括臺灣同胞在內的全中國人民絕對不允許的。」[88]

再進一步的分析，就會發現北京在首次回應陳水扁的政策說明，仍有些善意的表達，譬如說：中共涉臺系統對陳水扁就職演說迅速作出回應，這就是種「善意動作」，因爲像北京這種第一時間回應的動作，在過去涉臺事例中較爲罕見。不過，這或許也可解讀爲中共意圖儘快作出「明確立場」，特別對陳水扁總統的講稿不提「一個中國原則」一事，表達毫不遲疑的「不滿」與「不能接受」。

中共如此迅速回應的動作還有一些值得注意的背景：

一是中共中央臺辦與國臺辦在不到三小時內就聯合發表了長約二千餘字的聲明回應，稿子應是事先擬定，而且有些立場與政策說明可能早在就職演說發表之前就已經定調。這也證明北京當局已有預判阿扁不會在講稿中提「一個中國」的心理準備。

另一是三一八總統大選，國臺辦並沒有準確預判到陳水扁居然當選，可能曾經遭致中共內部強烈批判，甚至質疑臺辦系統能否有能力來研析臺灣政局發展的方向。因此，這次聲明稿若非江澤民與中央臺灣小組親自定調，臺辦系統不至於會有如此魄力馬上強烈回應。

綜觀臺辦回應聲明，基本上應是2000年11月美國總統大選之前，中共對臺的暫行政策，姑且稱爲「第一階段政策」。這段期間，可說是北京對陳水扁「已先聽其言，但後觀其行」的「期待階段」。

聲明中顯然留有空間讓兩岸能恢復對話與交流。譬如說：「只要臺灣當局明確承諾不搞兩國論，明確承諾海協與臺灣海基會一九九二年達成的各自以口頭方式表述『海岸兩岸均堅持一個中國原則』的共識」，中共就願意恢復兩岸接觸對話。這段話同樣也是要來檢驗陳水扁在就職演說中曾說過「不會推動兩國論入憲」與「也沒有廢除國統綱領與國統會」的承諾。

再就聲明稿中提及「以『一個中國，兩岸談判』的方式推動早日實現兩岸直接『三通』。」這段文字來說，一方面是陳水扁雖沒在演講稿中提及三通但由於他在競選時已作過承諾，北京方面應不會懷疑兩岸直接三通尚有什麼阻礙。但重要的是，如果兩岸一旦涉及三通議題，北京等於說明已有腹案。

首先就是把三通定位在「兩岸談判」方式上，既有平等協商意義，而且也履行了北京曾重複說過「不是中央與地方談判」的承諾；其次便是中共要向臺北攤牌，當三通都要談了，「一個中國」陳水扁尚能迴避到何時？這應是中共在這個階段對臺政策打的最後一張牌。

再下來就要到達兩岸終結敵對狀態，全面開放交流接觸的第二階段政策。這個階段北京是否如願達到，可能有幾項主客觀因素有待確定：

一、假如在「檢驗階段」，阿扁在「一個中國原則」上仍採迴避的態度，或有些宣示或措施方面不經意透露仍有臺獨的傾向，那麼北京進一步激烈的軍事動作可能性就不能排除。

二、中共假設若能順利進入WTO，對於臺灣仍在直接通航與通商方面要設下障礙，就可能會卸下全面和平會商的面具，對臺灣採取各種打擊與恐嚇手段。但在WTO順利入會前，北京還是會採取較溫和的手段。

三、美國大選之後，當臺灣問題不再是競選話題時，臺北就得注意北京很可能態度會強硬起來，到時，不僅只是「一個中國」壓力，還有促統上談判桌的壓力，臺北很難有喘氣空間。

四、江澤民面臨在中共十六大之前務必交出處理臺灣問題的成績單，而目前在應對陳水扁出招時也要

> 提防內部鷹派與軍方的反彈，加上他自己在功成身退之前，若能繼港澳問題之後解決臺灣問題，就可提昇他本人到中國歷史上維護主權領土完整的民族英雄地位。這樣的歷史評價誘因當會讓江的思維在處理臺灣問題時越趨強硬。

因此，中共臺辦系統的初步聲明，不能認爲就會是北京未來處理臺灣問題不變的方向。在當時背景來說，只能解析說北京顯然對陳水扁未來走向仍有所期待，所以就歸類到「期待階段」。

第二節 檢驗階段

等到陳水扁就職一個月後，北京發現他某種程度是傾向於「好話說盡但行動遲緩」的角色。這時候，北京對於陳水扁的期待也就開始趨向於保守，而且尙帶有些檢驗或批判的立場。

以2000年6月20日陳水扁就職滿一個月的記者會來說，有相當大的比例是主動在他講稿中提及兩岸關係問題。而且在記者的詢問中，也有許多問題以及陳水扁總統的回答是涉及到新政府的大陸政策。

純就記者會的內容來看，陳水扁的兩岸關係觀點，若與國民黨時代政府的大陸政策相比較，是有他身段柔軟一面，或看法務實的一面，以及善於掌握國際情勢向北京適時釋放善意的一面。就身段柔軟而言，六二〇的陳水扁比起五二〇甫就任總統的他，更懂得將北京渴望想聽的話放進他對媒體詢問的回答裡。譬如「一個中國原則」雖然不提，但是「一個中國口頭各自表述」的立場就明顯烘出。又譬如三通說辭在五二〇時沒有，這次不但提及，而且還暗示要透過兩岸上談判桌來協商。以陳水扁過去偏獨立場來檢驗，眞的會發現他的「求變」已不僅只是在求策略上的修正而已。

再就看法務實而言，有二個明顯例子。一是他不刻意去否定一些可促成兩岸整合的象徵話題，如「邦聯」或「合辦奧運」。另一就是提及兩岸領導人會晤之時，一直強調應不限形式、地點以及不提前提。比起李登輝過去一直堅持要在國際場合晤面的說法，陳水扁至少給了北京多點考量與選擇的空間。

最後是他釋放善意的一些說辭。陳水扁固然向北京喊話，希望與江澤民見面，共同處理「一個中國」問題，但又並不設下很多條件或障礙，這當會讓國際社會歡迎而且肯定，同時也讓北京很難去批駁阿扁是「光說不練」。另外陳水扁當天再把五二〇就職演說中有關國統會及國統綱領不會廢除的說法重新強調一遍，而且進一步將兩岸超黨派小組可能與前者重疊的疑慮作一釐清。至於海基會作爲正式協商窗口的功能不變。綜合來看，很難說這些言辭不對北京充滿了善意。

因此，就兩岸關係的觀察面來看，陳水扁的六二〇記者會的強調與重申，確定會強化他對北京所釋出的善意。而這方面所導致的短暫結果，不是中共當局對陳水扁未來大陸政策走向可能會作更詳盡的觀察，以及在短期內是不是不會匆促作成陳水扁就是兩岸關係穩定破壞者的結論，就值得來探討。這樣子當然也就使得兩岸緊繃的情勢有紓解緩和的可能性。

不過，就長期而言，陳水扁自五二〇起到六二〇所正式公開的言辭，可能在北京內部還是會導致統一的解讀與判斷。特別是中共對陳水扁迴避一個中國原則的這件事，是否會有退縮底線的可能，不能有太多樂觀的期待。而實際上，從過去陸委會主委蔡英文的幾次談話來看，新政府的大陸政策要說將不會受到北京當局的排斥，基本上將是一件不太容易的事。

譬如說，在記者會幾乎一個月之前也就是5月23日，面對國際媒體詢問時，蔡主委曾說，「特殊兩國論」主張只是現況的描述，即使臺北當局今後不再提及，並非表示這個事實將不存在。她在那次談話的主要戰略目標是：今後兩岸的持續交流與接觸，「兩國論」就算不提也已事實存在。再來就是5月29日，面對立法院質疑，蔡主委的「專案報告」更加明確釐清了陳水扁的「中國政策」，那就是一個中國目前是不存在的，新政府也不會接受的，因爲對於一個中國，那只是兩岸問題的有效選項，在未處理之前不能有結論。所以蔡主委建議臺北立場是要討論「究竟未來有無一個中國，一個中國是什麼，再決定我們是否要未來的一個中國」。[89]從這次談話的戰略目標來看：當時在陳水扁就職演說中大家並不是搞得很清楚的那段「兩岸共同處理未來、『一個中國』問題」文字，現在蔡英文清清楚楚的告訴外界，那就是陳水扁所說「一個中國是兩岸議題」的另一種說法。

果然，北京的回應並非完全正面，而且由於陳水扁在記者會中特別提到「九二共識」，中共遂由參加多次兩岸談判的海協會副會長孫亞夫出面，表達了北京立場的看法。

孫亞夫說，臺灣方面將九二年雙方達成的共識概括成「一個中國，各自表述」，並不符合當時實際情況。他回憶說，1992年兩會商談後，海協方面希望海基會能表達堅持「一個中國原則」的態度。到了10月底，雙方代表在香港進行工作商談時，海基會提出八個方案，海協會提出五個方案。後來，海協會認爲海基會提出的第八個方案可以考慮。所以，1992年11月16日海協給海基會發函，表明同意各自以口頭方式來表達「海峽兩岸均堅持一個中國原則」，並寫明海協會的表達方案。亦即在海基會第八案的基礎上，海協提出對案，雙方達成各自口頭方式表述「海峽兩岸均堅持一個中國原則」的共識，過程清楚。

孫亞夫說，最後雙方對這個事情的概括不同，當天海基會表示雙方達成一個中國、各自表述」的共識，查當時報紙即可看到。海協會則將此概括爲「雙方達成各自以口頭方式表述海峽兩岸均堅持一個中國原則的共識」。

孫亞夫表示，實際來看，兩會方案中都有謀求國家統一，堅持「一個中國原則」的態度，這是共同點。海基會方面曾表達，雙方對「一個中國」的內涵雙方認知各有不同；海協也認爲，在事務性談判中，不討論「一個中國」的政治內涵。大陸認爲，把1992年兩會的共識概括爲「一個中國，各自表述」，不符合當時情況。[90]

這樣的澄清與反駁也證明了一件事，那就是原先北京對陳水扁大陸政策的期許已調正到「檢驗」階段。像談到兩岸兩會重啓對話談判問題，孫亞夫表示，大陸仍認爲須在「一個中國原則」下進行，臺灣方面必須要明確承諾「不搞兩國論」、明確承諾1992年兩岸兩會達成兩岸各自以口頭表述「海峽兩岸均堅持一個中國原則」的共識，海協會才會與臺灣方面授權團體與人士進行接觸及對話。[91]

第三節　不耐階段

等到2001年11月27日，臺北由陳水扁主導的「跨黨派小組」在集會多次之後，發表了「三個認知，四個建議」的共識聲明。[92]

所謂的「三個認知，四個建議」是如此寫的：「三個認知」是一、兩岸現狀是歷史推展演變的結果。二、中華民國與中華人民共和國互不隸屬、互不代表。中華民國已經建立民主體制，改變現狀必須經由民主程序取得人民的同意。三、人民是國家的主體，國家的目的在保障人民的安全與福祉；兩岸地緣近便，語文近同，兩岸人民應可享有長遠共同的利益。

「四個建議」是一、依據中華民國憲法增進兩岸關係，處理兩岸爭議及回應對岸「一個中國」的主張。二、建立新機制或調整現有機制以持續整合國內各政黨及社會各方對國家發展與兩岸關係之意見。三、呼籲中華人民共和國政府，尊重中華民國國際尊嚴與生存空間，放棄武力威脅，共商和平協議，以爭取臺灣人民信心，從而創造兩岸雙贏。四、昭告世界，中華民國政府與人民堅持和平、民主、繁榮的信念，貢獻國際社會；並基於同一信念，以最大誠意與耐心建構兩岸新關係。

北京官方還沒正式回應之前，臺灣各黨各派對於跨黨派小組的「共識聲明」已經呈現不同解讀以及不同評價的反應，這已可說明臺灣內部本身對此看法已不具「共識」基礎。若以這樣脆弱的民意結構，硬要說是代表臺灣人民的普遍看法，其導致的結果則是跨黨派小組苦心經營的結論會被譏諷爲不具「共識」的共識。

而且，所謂「依中華民國憲法」來回應北京的一中原則，中共的涉臺系統一定要弄清楚跨黨派小組所說的「中華民國憲法」一詞最準確定位在那裡？如果該小組所講的「憲法」，它的意涵與目前「在野聯盟」各政黨對憲法代表傳統一中的看法是有所迥異，而與李登輝曾經說過憲法經六次修憲後已是「中華民國第二共和階段」主張接近，那麼這樣的「憲法界定」，恐怕就不具「憲法就是一中架構」的內涵。在這種情況下，北京顯見能接受的程度相對縮小。事實上，在跨黨派小組三點認知中的第二點，仍然強烈凸顯「中華民國與中華人民共和國是互不隸屬互不代表」看法後，已隱約可確定所謂「中華民國憲法」實際就是主權與治權均已被認定只在臺澎金馬領土範圍之內的根本大法。兩岸早被定位是「兩個國家的特殊關係」。在這樣的說法上，北京若保持完全緘默恐怕會導致外界誤讀爲「默認」。

所以，中共國臺辦主任助理、發言人張銘清在200年12月1日就批評兩岸跨黨派小組達成的「三個認知、四個建議」共識，完全是文字遊戲，他重申中共堅持「一個中國原則」立場，不會改變。張銘清並進一步指出，「所謂跨黨派根本是名不副實，它到底是跨那一個黨派，還是獨派與無黨籍人士在那兒；所以他們作成的所謂『三個認知、四個建議』，雖說有個三、有個四，我認爲這個文件是『不三不四』、『不倫不類』，充斥著廢話和空話，完全是文字遊戲」。張銘清最後表示，北京的態度非常明確，即堅持「一個中國」原則是一貫的、不會改變的。任何人、任何「所謂」小組只要不承認「一個中國」原則，只要不承認九二年兩會達成的一中共識，甚至明目張膽的鼓吹「兩個中國」，都是非常危險的。

對於有人問起陳水扁提及「一年內兩岸關係不會有問題」的說法，張銘清則進一步表示，上述談話過份樂觀，沒有根據，是粉飾太平的說法，不顧兩岸政治僵局沒打開的基本事實。張銘清強調，當兩岸都認同「一個中國」，兩岸關係就會比較穩定地向前發展，當臺灣當局領導人不承認「一個中國原則」，兩岸關係就處於不穩定狀態，就會倒退。[93]

事實上，從張銘清對跨黨派小組共識的批判用如此強烈語辭，以及反駁陳水扁「兩岸穩定論」看法持那麼不以爲然的態度，已經呈現北京當局對陳水扁大陸政策進入「不耐煩」的情景，比起早期對陳水扁尙保留「期許」，顯見此時的對臺政策已有調整的跡象。

第四節　迷惑階段

2000年最後一晚，陳水扁發表一篇電視談話，題目名爲「元旦祝詞」，本來以爲只是應景的講稿，結果由於他提及了「統合論」的看法，顯然與他過去的政策談話有極大的區別，也因而導致臺灣內部有了不同的解讀。而中國大陸，特別是官方，也對這樣的說法採取了並不是很正面肯定但也不能強力駁斥的做法。某些程度上來說，中共當局似乎尙帶有點迷惑的神色。造成這樣情境最主要原因，就是陳水扁的「統合論」並沒有明確定論可以讓外界來斷評。

中共國臺辦主任助理孫亞夫的回應就是典型的代表例

子，他沒有肯定「統合論」的說法，可是他又無法嚴詞駁斥，唯一他能評論的，就是只能再次一昧的重申一個中國原則的堅持。

我們將孫亞夫在2001年3月16日的看法透過新華社的報導摘錄如下，就會發現上面的評析有它的道理存在，孫亞夫說：

「第一個問題關於『統合論』，我要表達的態度，我們主張『和平統一，一國兩制』。如果臺灣當局領導人，確有誠意改善和發展兩岸關係，他就應當承認一個中國的原則，凡是不符合一個中國原則，違背海峽兩岸統一目標的主張，我們都是不贊成的。

第二個，關於臺灣當局領導人講到什麼程度，就算是不是某一種意願表達的問題，我想這個應該全面的來看了，實際上你很明確，你很明白，在臺灣相當的一部分人都認爲他沒有承認一個中國原則，不是我這麼說，在臺灣的很多人都這麼認爲，他只做到了認爲曾經有過一個中國，也不排除討論未來的一個中國，他就不願意承認一個中國是現實的。

一個中國確實是現實的，它是一個事實，是兩岸同胞的共識，也是國際社會都承認的一個事實。所以說，臺灣當局領導人，迄今爲止的表現可以說他沒有明確承認一個中國的原則。」[94]

儘管，這個階段北京鑒於陳水扁「統合論」的提出並無明確的內涵，在形式上到底對臺北要採正面接納或負面排斥的態度或許有其困難，不過在私底下，中共官方已經開始著手整理對陳水扁就職半年以來其大陸政策推動手法之評估。

據瞭解，北京固然有其自信能掌握或主導其對付陳水扁的策略運作，但另方面它也不得不承認，由於陳水扁的模糊政策，使得中共對臺政策中也產生了「不利因素」。

譬如說，北京持樂觀的看法是「陳水扁上臺後，迫於中共強大壓力，在『五二〇』講話中說出了在所謂『中共無意對臺動武』的前提下，保證在其本屆任期內不會宣布獨立等『五不承諾』，『五二〇』後，北京進一步對陳水扁施加壓力，逼迫其承認『一個中國原則』，陳水扁雖未接受『一個中國原則』但不得不一再被迫在這個問題上表態，被中共牽制。」

不過北京還是承認陳水扁的大陸政策策略運作仍有中共無法全盤掌握的「不利因素」。

譬如說：「陳水扁由『明獨』轉爲『暗獨』，用軟硬兩手與中共周旋。陳水扁一面做出『五不承諾』，避免發生兩岸戰爭，另一方面，拒不接受『一個中國』原則，不承認『九二共識』，拖延兩岸直接『三通』。」

從上面國臺辦主任助理孫亞夫無法直接回應「統合論」的說辭，以及中共內部評估來看，顯見就是因爲陳水扁「軟硬兩手」兼施的策略，使得中共當局無法全盤掌握陳之內心眞正動向。當「統合論」一辭出爐，當然就導致北京的謹慎回應，因此這段時期可稱之爲中共對付陳水扁政策的「迷惑階段」。

第五節　攤牌階段

陳水扁大陸政策導致北京當局最後必須採取全面否定的「攤牌階段」，並不盡然是由於陳水扁政府的大陸政策有了明確的改變，其中比較重要的因素，是因爲陳水扁遲遲不肯對「一個中國原則」、「九二共識」以及「臺灣人也是中國人」等問題上的表態，進而產生了不再期待的心態，同時也更加確定陳水扁無意放棄臺獨的意識。

不過，再詳細來說，應是下列事件的發生，讓北京對陳水扁的評估進入到完全確認他已不可能執行兩岸全面合作的層次：

一、陳水扁就職半年之後開始倡言在其大陸政策主導下的「兩岸穩定論」。

二、美國同意陳水扁在2001年5月前往中南美友邦訪問以及回程之時可過境紐約與波士頓，並予以高規格的禮遇。

三、美國在2001年5月同意軍售臺灣四艘紀德艦，八艘潛艦以及其他先進武器的裝備。

我們試以陳水扁在2001年5月前往中美洲友邦訪問途中所發表的談話作爲例子來說明，其實可以看得出來他很多談話內容仍保留在過去一年所表現出來的「軟性」與「不作挑釁」的特點上。但是北京的回應就出現強烈的反彈，而且有些措詞根本已到達「攤牌階段」的程度。譬如說，陳水扁在2001年5月22日在紐約與美國企業人士餐敘時曾提到說：「以前有人認爲說，投票給本人會引發兩岸戰爭，但年來證明事實並非如此。」[95]可是第二天，也就是說5月23日新華社就發文抨擊，聲稱「年來兩岸關係陷於僵局、緊張局面不僅沒有緩解，且潛藏著更大的危機。但臺灣領導人聲稱，他的首要政績是『穩定兩岸』，這完全是靠自欺欺人的謊言來欺騙臺灣民眾和國際輿論。」[96]接著三天之後于5月26日，新華社再度批判，並發表「自欺欺人的表演」專文，指出兩岸關係明明是緊張並且陷入了僵局遲遲得不到化解，可是在陳水扁這方面竟成了「沒有惡化，沒有退步，而能夠趨於穩定」。因此，該文批評陳水扁從上臺至今，幾乎無時無刻不在爲落實自己臺獨理念而苦心經驗。[97]稍後5月30日人民日報的評論更尖銳，它說「穩定說」只不過是一種自欺欺人的荒謬說辭，無非是將導致兩岸關係僵持不解的原因推卸給大陸，欺騙島內民眾和國際公論，掩飾其推行「臺獨」路線，惡化兩岸關係僵局的罪責。[98]

另外，又譬如說，陳水扁于5月23日在紐約與美國智庫學者座談時，曾提到軍售是因爲「臺灣是爲安全才採購武器，但不表示要和大陸進行武器競賽」。到了瓜地馬拉後在一場與記者的茶敘中，他再度強調「軍售及過境絕非挑釁中國」，這就是所謂「新五不政策」中的其中之一說法。[99]不過，中共的看法卻不完全從如此方向去思考。在2001年美國對臺軍售案處理過程中，中共的回應激烈固然有跡可尋，但該年北京方面的動作也出乎尋常，除了錢其琛、周明偉以及前中共駐美多位大使連袂訪美設法阻止之外，中共當局還特別提昇國防軍費比上一年度增加17.7%。[100]由此可證中共在這問題上的反彈程度。至於過境問題，一向是中美關係摩擦的重點所在，過去李登輝時代如此，到了陳水扁上臺，北京更爲反對美國政府提供任何過境機會。因此當陳水扁力辯過境美國並非向中國挑釁時，北京的回應則完全排斥陳水扁的解說，以2001年5月24日中共駐美大使楊潔篪對美國同意陳水扁過境一事提出批評爲例，他說：「美國政府卻允許陳水扁於近日自美國紐約『過境』，六月初從休士頓再次『過境』，並放寬對陳在美活動的限制，陳水扁藉機進行了一系列公開活動，大肆兜售其分裂主張」。[101]到了新五不政策說明後，中共更以一連串「文字遊戲」來形容陳水扁的說法。5月29日中新社一篇新聞稿是個最典型的例子，它說：「新五不」是一套辯解詞，一方面替美國違背三個聯合公報作法辯解，一方面也爲臺灣挾洋自重，武力拒統，以及臺灣問題國際化，爲在國際間推銷「兩個中國」作辯解。[102]

到了這樣的階段，顯見中共的反應以到了「攤牌」的層次。人民解放軍在東山島的演習，似乎是過去一年來北京對陳水扁不滿累積的一次統籌反映。根據香港文匯報一篇專題「天鵝絨手套裡要有鐵掌」一文中分析，顯見這次軍事演習重要的背景是：美國新的大規模對臺軍售；中美撞機事件；李登輝訪日與陳水扁出訪「過境」美國受到非同尋常的歡迎；「臺獨」勢力再度膨脹；和平統一前景益發渺茫；中國國家安全受到挑戰等因素。[103]而大陸二炮部隊司令員楊國梁與政委隋明太在紀念中共建黨80週年暨第二炮兵組建35週年的專文中，特別提到「在同霸權主義與臺獨勢力的鬥爭中，二炮部隊堅決服從黨的政治、外交戰略，做到叫什麼時候打就什麼時候打，叫打多少就打多少，叫打那裡就打那裡」。[104]這樣強烈表態的說辭，可能也證明了中共當局對陳水扁的大陸政策不僅已到了攤牌階段，而且也是中共不滿能量已累積到必須爆發的層次。

註釋

87.詳請參閱「中共中央臺辦國務院臺辦受權就當前兩岸關係問題發表聲明」，人民日報，2000年5月21日，第一版。

88.同上註。

89.5月23日接受國際訪臺媒體內容，請參閱黃忠榮、羅嘉薇，「蔡英文：不提兩國論 事實仍存在」，自由電子新聞網，民國89年5月24日，網址：

http://www.libertytimes.com.tw/today0524/today-p2.htm 5月29日蔡英文專案報告的內容，請參閱楊羽雯，「蔡英文：統一、一中 兩岸問題有效選項」，聯合報，民國89年5月30日。

90.詳請參閱，「孫亞夫詳說九十二年共識」，聯合報，2000年6月22日。

91.同上註。

92.請見民國90年11月28日各報。

93.詳請參閱，「跨黨派小組共識文字遊戲」，聯合報，2000年12月1日，頭版。

94.詳請參閱，新華網2001年03月16日的報導，網址 http://www.xinhua.org/

95.陳水扁在與美國花旗銀行執行長孟尼吉茲(Victor Menezex)、前副總統丹奎爾等人餐敘時作了上述表示，詳請參閱簡余晏，「阿扁出訪／陳總統與花旗等企業餐敘　盼共同進軍大陸及全球市場」，東森新聞報，民國90年5月23日，網址：http://www.ettoday.com/article/987-467867.htm。

96.郜海，「臺灣當局領導人的『兩岸穩定』說是自欺欺人」，新華社之稿，人民日報予以轉載，2001年5月24日，該文詳細內容請參考人民日報網站：http://www.people.com.cn/GB/paper464/3420/25915/index.html。

97.郜海，「評論：自欺欺人的表演」，新華社北京2001年5

月26日電　，該文內容請參考新華往網址：http://big5.xinhuanet.com/gate/big5/news.xinhuanet.com/china/20010526/592196.htm。

98.劉佳雁，「兩岸『穩定』，掩耳盜鈴」，人民日報，2001年5月30日，該文詳細內容請參考人民日報網站：http://www.people.com.cn/GB/paper464/3462/26294/index.html。

99.請參閱本書附錄。

100.有關這方面的論述，請參考邵宗海＜美國對臺軍售政策對兩岸關係的影響＞，《中山人文社會科學期刊》，九卷一期，民國90年6月，頁1-21。

101.「陳總統過境紐約楊潔篪抗議 」，中國時報，2001年5月26日，該文詳細內容請參考中時蕃薯藤網站http://ctnews.yam.com/news/200105/26/144580.html。

102.方焰，「空談和平，抗拒統一的『新五不』」，中新社紐約2001年5月29日電，該文詳細內容請參考中新社網站：http://www.people.com.cn/GB/paper464/3455/26226/index.html。

103.「天鵝絨手套裡要有鐵掌」，香港文匯報，2001年6月13日，A6版。

104.楊國梁、隋明太，「鑄造戰略導彈部隊永遠不變的軍魂」，人民日報，2001年6月14日，六版。

第五章
兩岸關係走向的評估

陳水扁大陸政策的內涵與策略運用，當然會影響到兩岸關係的發展與走向，事實上，在前文部分內容裡，已經觸及到有關的影響結果話題。不過在本章節中，我們試著在「陳水扁現行大陸政策不會大幅調正或改變」的前提下，以更系統化的分析來解讀出未來兩岸關係的走向。

第一節　兩岸關係的三個走向

一、兩岸復談僵局難解困

由於陳水扁一直迴避北京所提出希望臺北接受「一個中國原則」的建議，顯見在不久的將來，兩岸將不會進行任何形式的對話與復談，這當然也包括雙方均極盼望的「辜汪會談」在內。北京曾在多次重要場合聲明，只要臺北肯接受一個中國的原則，或者同意接受在九二年兩岸均達成雙方各自在口頭上支持一個中國原則的共識，那麼任何議題均可搬上談判檯面，顯見北京在這方面對一個中國的堅持，將深深影響到兩岸復談推動之不易。

二、中共將強化「一個中國原則」

其次鑑於北京對民進黨臺獨綱領至今仍然存在的反

彈，加上陳水扁的大陸政策執行過程中難免不脫其對「臺獨」理念的憧憬，因此在中共下一步兩岸關係的發展過程中，將必然強化其「一個中國原則」的力陳與堅持，以防止臺灣在其迴避一個中國的措施上，刻意讓臺灣自主性的痕跡凸顯。

但是北京進一步強化「一個中國原則」，也會導致兩岸目前僵持情況益發走向難以產生有突破局面的死胡同，而且，正因爲北京過分的堅持與要求，也使得在原則堅持方面變成一塊沒有彈性的磚牆，讓臺灣在面臨缺乏迴旋與選擇的空間情況下，反而轉進更激進對抗。

中共副總理，中共中央臺灣小組副組長錢其琛曾在2000年8月24日首度提出一個中國新三句的解釋，那便是「世界只有一個中國，大陸與臺灣同屬中國，中國主權與領土不容分割」，[105]由於其中將「大陸與臺灣同屬中國」的文字取代過去強調的「臺灣是中國不可分割的一部分」，雖被外界賦予北京有意在這方面作出更爲「善意」的解釋，但是由于並沒有在立場或原則上有任何放鬆，因此仍見「一個中國原則」繼續的強化，會更綑緊目前兩岸的僵局。

三、兩岸關係與兩岸交流分開處理

儘管兩岸關係繃緊，但是兩岸交流並不受到影響，看起來，兩岸當局都有意把「兩岸交流」與「兩岸關係」分開來處理。根據陸委會發行的《兩岸經濟統計月報》最新一期的統計顯示，截至2000年12月爲止，兩岸的交流在陳水扁就職總統半年之後，仍然呈現「交流熱絡」的場面，茲將部分的數字登錄如下：

（一）臺灣前往大陸探親、商務、旅遊人次，2000年整年有二百四十一萬六千人次（只計至十一月），已爲歷年之冠。而歷年下來也已有一千七百六十四萬七千二百人次訪問過大陸（國人赴大陸探親自1987年11月起開放）。

（二）大陸人民來臺人次，2000年整年有十一萬七千一百廿五人次，亦爲歷年來最多的一次，而歷年來也亦有五十六萬六千三百廿人次來過臺灣。

（三）臺灣寄往大陸之信件，2000年整年有五百四十萬九千五百五十九封，歷年來則有七千四百四十六萬七千八百五十九封（寄來大陸之信件自1988年4月18日起收寄）。

（四）大陸寄往臺灣之信件，2000年整年有九百卅三萬八千三百六十九封，而歷年來則已有一億一千八百四十七萬三千七百廿六封（寄來臺灣之信件自1988年月19日起遞送）。

（五）在兩岸來去電話量統計方面，目前臺灣去話光是2000年就有一億一千一百六十萬四千零二十四通，歷年來也亦有五億四千二百七十八萬四千四百廿四通。

（六）至於大陸來話方面，2000年也有九千四百九十八萬四千六百四十八通，歷年來亦有四億六千二百一十三萬八千九百通，兩岸電話是自1989年6月開放。

（七）兩岸經香港轉口貿易金額統計，2000年整年的貿易總額是一百一十五億七千三百七十萬美元，亦爲歷年之冠，若自1987年統計到2000年，那麼這長達十四年的雙邊貿易，已有一千零九十億七千三百六十萬美元的總額。臺灣在這貿易中尙賺得順差高達七百五十二億美元。

（八）臺商對大陸經核准間接投資統計，2000年整年之投資金額爲廿六億七百一十萬美元，歷年來投資金額已高達一百七十一億美元（自1991年起臺灣開始在大陸投資）。

（九）其他在文化學術層面的交流從來沒有中止過。[106]

第二節　臺灣內部因素影響到兩岸關係

在現行政策不會調整下，臺灣內部有些現象產生，即使不是政策因素所致，但將會深深影響到兩岸關係的發展。

一、台灣「本土意識」的提升

所謂的「扁李體制」對抗「連宋體制」，或許可以解讀只是李登輝希望憑諸他個人尚存的政治魅力，結合一批較具本土意識的立委候選人，組成台灣團結聯盟黨，希望在2001年大選中，一舉攻下卅五席立法委員席次，進而與民進黨所期望贏得的八十五席結盟，形成立法院過半席次的多數聯盟。這個聯盟不僅可以主導國會的運作，而且也賦予陳總統組成民進黨內閣的正當性。因此，這樣扁李合作的話題自2001年6月開始在臺北政壇燒起，它不僅燒出了李登輝路線可延續的火跡，而且也燒紅了本土對抗非本土的統獨與族群話題。

本來「本土意識」在國內政局只是一些政治人物刻意強調自己對臺灣全力投入與關切一個指標的用詞而已。其作用在過去經驗中亦不見得因而在選舉中會獲得有利的位置。不過由於過度強調「本土意識」的確會帶來臺灣內部的統獨爭議與族群衝突，因此，「本土意識」的用辭就常常觸及北京當局的末梢神經，甚至中共還會將「本土」與「臺獨」劃上等號。所以「扁李體制」是否成型，未來發展是否往「本土意識」的走向邁進，這些發展方向就會影響到北京的思考。加上陳水扁的大陸政策本身又被中共賦予更多質疑之時，實在是很難去排除未來兩岸關係有進一步惡化的可能性。

二、立委與縣市長選舉的影響

臺灣在2001年年底的立委與縣市長選舉中，儘管在立法院下一屆的席次三黨不過半已是大家普遍的共識，不過大選之後還是會有三種可能發生的「排列組合」，而每種組合則會對兩岸關係產生不同程度的影響：

（一）民進黨如是贏得立法院席次最多政黨，而且又正如李登輝所言，民進黨的八十五席加卅五席本土政團的委員，民進黨得能繼續組閣，並主導國會，這對國內政局固有穩定作用，但是如果新閣的大陸政策在陳水扁總統主導下仍然採取對北京要求予以迴避的態度，加上新的多數聯盟「本土」意識又必然高漲，有時這樣態度也會反映在政策之上，在這種情況下，這可能是北京對臺北「聽其言，觀其行」之策略要採停的時機，接下來可能就調整爲較強硬之政策，而且不排除出現兩岸關係會演變成嚴峻的一面。

（二）如果是目前在野聯盟獲得立法院多數，但是它必須能爭取得組閣權，才能促使政局予以穩定以及兩岸走向平靜的結果。否則，誰來主導組閣的朝野角力之爭，必使立院紛爭不休，加上府院衝突不斷，政局必然動盪不安，到時是不是讓北京有藉口「介入」的機會，不能輕易忽視。

（三）選後政黨可能重組，最後演變成政黨林立局面。

如果屆時沒有一個政黨有能力掌握立法院，這將是政局最壞的結果。如果重組結果，是國親新三黨的重新回流中國國民黨，而民進黨、本土新政團與建國黨則組合成本土意識較強的政黨或政黨聯盟，那麼在這樣的一種臺灣內部有競爭且有僵持的發展結果情況下，可望爲北京對臺北的觀察期再予延長。

三、「一國兩制」在台灣支持率的提升

中共「一國兩制」的主張過去在臺灣一向沒有市場，但是近五年以來，這項主張在臺灣的支持率逐漸攀升，從早先的個位數已升至二位數。雖然每個單位所作的民調結果，其中對「一國兩制」主張的反對或支持率或有不同結果，譬如陸委會在2001年7月17日公布的數字是13.3%的支持率，與新黨的立委馮滬祥在7月14日所公布的47.5%的支持率有極大之差距，不過在這相近期間內臺灣也有三家主要媒體所作的「一國兩制」民調，卻都有三成上下的支持率，那就是聯合報在6月份所作的民調有33%的民眾支持「一國兩制」，中國時報在6月20日所發布民調支持數字有29%（包括可以接受與勉強接受），以及TVBS電視臺在6月5日的民調有31%的支持率。這其中的現象值得我們注意的是：陸委會與新黨立委馮滬祥所委託的民調，其中產生這麼巨大差距的數字，或可歸因於雙方的政治立場與對「一

國兩制」認知不同所造成的差異。但是以三家媒體的公正立場以及公信聲譽，應當不存任何「動機」，況且他們民調所產生的數字均非常的接近，可信度也相對的提高，那麼當陸委會與這三家媒體在民調支持「一國兩制」支持率的數字上也有近二成的差距時，又作如何的解釋。

陸委會副主委林中斌用問卷設計的技術層次不同，以及比較基線較高的說法，來說明陸委會所得出民調結果與其他媒體在數字上有差異的原因。[107]但是它也沒有排斥「一國兩制」的支持率在近幾年確有升高的趨勢。依林中斌的看法，臺灣在政黨輪替後，受訪民眾贊成「一國兩制」的比例顯有增加，他將這種現象歸納爲下列幾項可能原因：第一、中共採行「軟的一手」，調整一中的說法，言詞和緩等；第二、大量邀訪臺灣意見領袖；第三、大量同意大陸人士來臺訪問；第四、對臺商優惠措施的進一步落實。同時，他也認爲，兩岸經濟成長的對比，也可能是影響民調數據的原因。[108]

但是支持「一國兩制」的數字上升以及反對「一國兩制」的數字急速下降，是不是反應了臺灣民眾對「一國兩制」的排斥感也正在逐漸消退或調正之中？是什麼背景或事件的影響導致這樣現象的轉變，可能才是瞭解「一國兩制」主張在臺灣發展的眞正關鍵所在。

林中斌上面所說的原因可能並不是主要關鍵，東吳大學教授楊開煌曾經分析其中有臺灣經濟衰退因素的說法應値得重視。[109]最適當的說法可把「一國兩制」與「經濟衰退」這兩項對臺灣均爲不利的因素列在一起評估，然後就會發現當「一國兩制」的支持率逐漸升高時，也就是臺灣經濟逐漸衰退之時，取「一國兩制」，那是因爲臺灣部分民眾希望「兩害相權取其輕」。如果今後臺灣經濟環境復甦，而「一國兩制」的支持率也隨之下降的話，那麼這樣假設的說法就會獲得證實。

但是，當「一國兩制」的支持率在臺灣繼續攀高，而臺灣的經濟狀況在短期之內也難見改善，顯見對兩岸關係會有重大之影響：

（一）「一國兩制」的支持率若繼續攀升到有意義的數字，譬如說支持數字高於反對數字，固然會使得中共對臺用武的可能性降低，但相對就會對民進黨政府採取更大談判壓力。

（二）「一國兩制」的支持率攀升，也會使得臺灣內部統獨爭議對立的狀況可能更爲惡化。

（三）「一國兩制」的主張獲得支持，會使得政府現行的大陸政策面臨重大挑戰。

表1 TVBS民意調查中心所作的調查

（單位：%）

問卷題目：中國國家主席江澤民在澳門回歸的時候呼籲臺灣接受一國兩制，請問您贊不贊成臺灣與中國大陸一國兩制？			
調查時間及樣本數	不贊成	贊成	無反應
民88.12.22（1078）	63	12	25
問卷題目：陳總統在出國訪問期間，曾在巴拿馬國會演講時提到「一國兩制」的問題。請問您贊不贊成臺灣與中國大陸的關係未來走向一國兩制？ 提示：一國兩制也就是目前香港與中國大陸的模式			
調查時間及樣本數	不贊成	贊成	無反應
民90.6.5（940）	46	31	24

資料來源：TVBS（陸委會提供） 製表：邵宗海

表2 聯合報系民意調查中心所作調查

（單位：%）

問卷題目：中共提出了「一國兩制」和平解決臺灣和大陸分裂問題的方案，請問您能不能接受這種辦法？			
調查時間及樣本數	不能接受	能接受	無反應
民86.7（949）	62	21	17
民87.7（938）	59	19	21
民88.4（1189）	64.9	17.6	17.5
民88.9（1065）	58.1	20.4	21.5
民88.12（1029）	59	23	17
民90.6（1035）	51	33	16
問卷題目：假如臺灣和大陸的關係，改成類似現在香港和大陸的關係，臺灣的經濟制度、社會生活都能像香港回歸中國之後一樣都不需要改變，請問您能不能接受在這情況下和大陸統一？			
調查時間及樣本數	不能接受	能接受	無反應
民88.7（995）	54.1	25.4	20.5
民88.12.31（1029）	55	31	14

資料來源：聯合報（陸委會提供） 製表：邵宗海

表3 中國時報所作調查

（單位：%）

問卷題目：請問您能不能接受中共提出的「一國兩制」主張，（就是依照香港的模式，將臺灣看做地方政府，取消國號，國防與外交主權接受大陸統治，但是台灣享有目前的民主及經濟體制）？				
調查時間及樣本數	不能接受	可以接受	勉強接受	無反應
民90.06.20（949）	57	20	9	18

資料來源：中國時報（陸委會提供） 製表：邵宗海

表4 各民調機構有關「一國兩制」民調問卷題目與結果比較表

新黨立委馮滬祥	聯合報	中國時報	TVBS	陸委會		單位
90年7月14日	90年6月	90年6月20日	90年6月5日	90年7月	90年3月	時間
你能否接受以「一國兩制」模式處理兩岸關係？	中共提出了「一國兩制」和平解決臺灣和大陸分裂問題的方案，請問您能不能接受這種辦法？	請問您能不能接受，中共提出的「一國兩制」主張，（就是依照香港的模式將臺灣看做地方政府，取消國號，國防與外交主權接受大陸統治，但是臺灣享有目前的民主及經濟體制）	陳總統在出國訪問期間，曾在巴拿馬國會演講時提到的「一國兩制」的問題。請問您贊不贊成臺灣與中國大陸的關係，未來走向「一國兩制」？提示：一國兩制也就是目前香港與中國大陸的模式	關於兩岸關係的發展，中共提出「一國兩制」的主張，將臺灣看作地方政府，接受大陸統治，中華民過政府從此不再存在，對中共這種「一國兩制」的主張，請問您是贊成還是不贊成？		民調問卷題目比較
能接受47% 不能接受39%	能接受33% 不能接受51% 無反應16%	可以接受20% 不能接受57% 勉強接受9% 無反應18%	贊成：31% 不贊成：46% 無反應24%	贊成：13.3% 不贊成：70.4%	贊成：16.1% 不贊成：73.9%	調查結果
製表／記者王銘義，中國時報，民90年7月18日						

第三節 大陸內部因素影響到兩岸關係

在現行政策不會調整前提下，大陸內部的一些變數也可能會影響到兩岸關係的走向。這也就是說，這些變數本來在兩岸平穩和諧的情況下可能不會帶來給兩岸關係負面的影響，就是因爲現行政策帶給中共有陰影所在，就會使得即便大陸內部的一些事件演變都會深深影響到兩岸既存的現況以及未來的發展。

大陸內部事件發展對兩岸之影響：

一、APEC會議兩岸角色之定位因素

APEC在2001年10月將在上海舉行，屆時至少有三億以上大陸人民會十分注意臺北將以什麼「身分」與會。陳水扁在2001年5月18日就職週年電視談話裡，曾提到希望能前往上海與江澤民在APEC高峰會議上見面，雖然中共已予以否決排除，但是二位兩岸領導人一旦可以見面，彼此的身分地位到底爲何也引起了大陸人民的興趣。同時北京當局也常清楚，如果到時只以「經濟體」與「國家」之間的區別來說明臺北在APEC的定位，大陸民眾是不太容易瞭解。即使用大陸人民最清楚的「一國兩制」來定位臺灣也有其事實上的困難，因爲臺灣與大陸並未統一，一國兩制有它「尚未實現的法理障礙」存在，因此只有將臺北與香港的參

與給予比較，說明它們同時是獨立的「經濟體」一樣的定位才能壓抑臺北企圖在APEC突出「主權國家」的圖騰。所以「一個中國原則」在APEC舉行之前後一定會越來越強化的要求，而臺灣是中國一部分的說法也會被過度強調。這樣一來北京採取比較激進的做法當會激化兩岸關係。

二、兩岸先後力入WTO的影響

根據中國大陸外貿經部副部長，對外貿易首席談判代表龍永圖在2001年8 月22日在北京表示，兩岸在2001年於卡達部長會談；先後加入WTO（世界貿易組織）已成定局。110

當然，兩岸事務儘早加入世貿組織的行動可以理解，因為這樣的做法是為了維護兩岸各自的國際貿易權益。但是，處在兩岸之間，目前雙方入會與否倒不是臺北與北京最關注的發展；對臺北來說，相關的程序已經完成，加入世貿的進程，應該不受北京入會的限制。可是對北京來說，加入世貿組織的動作則必須要比臺北早一步入會。

為什麼北京必須堅持要比臺北早一步入會？根據研判，這項動作充滿了政治意味：

（一）如果中共以「中國」名義加入世貿組織，它希望比臺北早一步動作的意義，是希望導致世貿組織各成員的印象，那就是不論臺北以「中國臺北」或「臺澎金馬」的名義入會，都是由母國「中國」所牽引完成的。這種模式是有前例可循，譬如過去香港在九七回歸之前就加入關稅總協定，當時就是由其所屬母國「聯合王國」的推薦，不過香港目前名稱已改為「中國香港」。

（二）另外，如果中共可比臺北早一步加入世貿組織，便可能以入會成員的資格，要求與晚一步正尋求申請入會的臺北舉行「雙邊談判」。至少就兩邊的經貿是否會設限的可能，或是排除條款的設定，以及臺北入會的名義問題等等進行些杯葛或為難的措施。

當然，臺北並非不瞭解北京希望早一步入會的政治意圖。行政院秘書長邱義仁就說過，加入WTO的準備工作我方已進行很久，主要卡在大陸進不了，我們只好陪著「繼續玩」。[111]在這種攻防戰中，臺北並不堅持反對北京比它早一步入會的要求。但是臺北也要求一旦兩岸申請入會，即使有早晚核准的程序，也需要有兩岸併案處理的原則。也就是說，北京即使比臺北早一分鐘進入世界貿易組織，它也不過是同案中一位申請加入的成員而已，北京既不能形成有牽引臺北入會的印象，同時它也無法對臺北再展開入會前的雙邊談判。

所以，世貿組織如安排兩會入會的程序與方式，不僅影響到臺北的權益，而且也會影響到未來兩岸關係的發展。因此，對於入會世貿組織，臺北所注意的不僅是時機，同時也是程序與方式。

不過，兩岸加入WTO會影響到兩岸關係的因素，不僅只是上述入會的技術層面所產生的結果。同時兩岸一旦入會後，有些問題的浮現，譬如一個中國原則，都有可能使得今後兩岸關係的發展，進入一個非常敏感而且微妙的階段。雖然臺北已透過行政院秘書長邱義仁說明清楚，兩岸入會後，WTO其他會員國或會向臺北施壓，要求政府接受「一中」，[112]不過邱義仁沒有說清楚的是：如果北京在WTO入會案中，是與臺北不同案但會在同日一起被允許加入的情況下，如果北京屆時先一步入會後，但回頭過來對臺北的入會案則表示必須要加入「一中原則」的條件，到時臺北如何應對固是個難題，但臺北若不接受「一中原則」會否造成兩岸另一僵局就是值得重視的問題。

三、北京申奧成功後的兩岸關係

2001年7月13日，北京申請主辦2008年奧運成功，臺灣工商界人士樂觀的預言，兩岸至少爭取到未來七年之內「臺海無戰爭」。[113]但是這樣的評估對民族主義發展與中共高層政治運作有一定程度瞭解的人士來說就會多一層「保留」。這原因無它，最簡單的陳述就是「兩岸問題」不能單一的由奧運主辦所衍生的和平遠景因素所能決定，也就是說這麼一種複雜的民族情感與國家認同的「兩岸問題」恐怕不能只放在「靜態」的模型中去解析。到2008年尚有七年不算短的時間裡，還有些「動態」的變數要納入考量：

首先，必須承認這次「申奧」成功，中國的民族主義扮演了舉足輕重的角色。沒這股意識上的力量，中國舉國上下不可能凝聚成這麼高度的團結意識。這也等於說，今後奧運籌備工作的進行，中國的民族主義情緒必然認定是中國全體力量的投入，而非只是北京「一個城市」的責任。因而值得注意的是，今後臺灣在中國大陸眼中將是什麼樣的定位與角色，就會與奧運籌備過程裡因民族主義意識與感情這塊「變數」互動的影響而產生不可確定的「變局」。舉例來說，在「申奧」成功之後，北京代表在莫斯科曾透過衛星轉播宣示，奧運聖火將經過臺灣。這條路線的標示非常明顯的告知在繞港澳之後才經臺灣然後再回到大陸，是明確的將臺灣歸位在「一國」之內。但臺灣體委會的官員則回應說，聖火傳遞經過臺灣則需兼顧國家尊嚴的原則，若大陸將臺灣視爲領土的一部分，臺北絕對無法接受。[114]這種「針鋒相對」的表達，如在過去是屬於兩岸之間的常態現象，但當未來中國大陸籠罩在民族主義情緒下進行奧運籌備工作，一定會把臺灣視爲共同努力命運體一份子，那麼臺北一旦表達這種「異見」，在這樣的時刻裡恐怕引起極大的敏感衝擊。屆時如民族主義的情緒迅速爆發，最令人感到駭怕的是它不是中共高層能予支配，事先既無法預防，事後又難以控制。

更令人憂心的，臺灣會發出「異聲」的事件今後絕非只針對聖火路線一項而已，還有更多背景因參與程度及情緒的不同，一旦與混雜民族主義在內的奧運籌備工作有所

「對撞」，都可能形成兩岸情緒上的對立。

其次，也需思考中共「申奧」的成功，是否就說明了中共對臺政策底線就完全自由解放？這答案顯然是否定的。既然如此，也就是說臺北在未來七年之內能在兩岸之間的爭論問題上，如一中原則或兩岸對等政治定位等，事實上並沒能爭到比現在更寬鬆的空間。兩岸關係最後顯見還是在原點上打轉。

至於說，兩岸之間至少因奧運主辦因素而有七年的和平光景，在邏輯上也有無法成立的基礎。因爲臺灣問題的解決在中共決策高層眼中只是基於最適當的「理由」與「時機」而非時間表，陳水扁政府不公開宣稱臺灣獨立，即使北京不主辦奧運，兩岸之間也不能斷論七年之內必有戰爭，換過來說，中國「申奧」成功後，臺北若開始有意傾「獨」的方向明顯移動，那麼以現今中共領導班子的個性來說，應該是沒有任何一位敢在對臺政策底線上退縮。即使十六大之後新的中南海領導團隊建立，鑑於權力鞏固的需要，恐怕會採取更強硬的立場。所以，奧運主辦之前七年期限，並非是暗示臺北可以易幟的安全期。1980年莫斯科固然主辦奧運，但是蘇聯還是敢甘冒不諱在1979年侵略阿富汗。就算當時以美國爲首的西方國家強力杯葛，但是莫斯科奧運最後還是照常舉行。這個例子充分說明了國際社會或主辦國的約束或自我約束力量還是有所限制。

四、中共十六大權力轉承的影響

2002年中共十六大的接班工作至今未見順利。從香港媒體傳出十六大將推李鵬任國家主席一事來看，[115]顯見第四梯隊的領導威望尚未能全面建立。目前也從未見到胡錦濤等對臺灣方面有強烈抨擊的看法，這也正表現出一旦中共軍方或鷹派欲升高對臺強硬立場時，而江澤民或胡錦濤爲求十六大接班順利，很可能屆時許多強硬建議就會照單全收。這樣一來，臺灣受害，兩岸關係也有折損。

另外，大陸內部對臺思考方向也會對兩岸造成影響：

首先中共內部目前對陳水扁的「兩岸穩定論」有相當反彈的看法，新華社在2001年5月23日一篇批判文章曾指出：「臺灣領導人近聲稱，他的首要政績是『穩定兩岸』，這完全是自欺欺人的謊言來欺騙臺灣民眾與國際輿論。事實證明，如果臺灣領導人執意要在這條死路上走下去，兩岸形勢將更趨緊張，島內局勢也將更加不穩，臺灣當局結果只能是進一步失去人心，爲兩岸人民所唾棄。」[116]所以，這樣強烈的抨擊會否引發新一波的中共對臺政策轉爲強勢作法，很可能要與臺灣年底大選與政局走向要一起來評估。但是基本上可確定北京勢將要打破「兩岸穩定論」的說法。

其次，針對陳水扁「善意」言辭的攻勢，但另方面又巧妙迴避「一個中國」的回應手法，北京在很難有著力反批的情況下，其對臺政策一定有所調整，屆時政策是強是弱，還是對臺北有所不利，顯然必定導致兩岸緊張情勢的升高。

註釋

105.「錢其琛：大陸、臺灣同屬一中」，聯合報大陸新聞中心發自北京的報導，民國89年8月26日，四版。

106.陸委會，《兩岸經濟統計月報》，第101期，中華民國90年1月出版。

107.對於陸委會委外民調的結果，有關國內民眾對「一國兩制」的接受程度，與國內多家媒體機構公布的民調結果，何以出現高達二十多個百分點的差距，林中斌在2001年7月17日在記者會中特別舉中國時報、聯合報與TVBS的民調問卷爲例，說明何以各項民調數據出現顯著差異。

林中斌指出，聯合報民調的問法是：「中共提出了『一國兩制』和平解決臺灣和大陸分裂問題的方案，請問您能不能接受這種辦法？」他說，聯合報也是持續性民調，但其比較基線較高（如民國八十六年七月，百分之二十一贊成「一國兩制」），最近的數據是百分之三十三，其增長變化的幅度與陸委會的民調漲幅相近。

林中斌並說，中國時報的問卷是：「請問您能不能接受中共提出的『一國兩制』主張，（就是依照香港的模式）將臺灣看作地方政府，取消國號，國防與外交主權接受大陸統治，但是臺灣享有目前的民主及經濟」。林中斌認爲，中國時報的問卷選項只有四分法，包括不能接受、可以接受、勉強接受、無反應等選項，卻沒有「勉強不接受」選項，陸委會的六分法比較精確，具有對稱性，較能精確反應。請見王銘義，「陸委會民調：一國兩制，正反民意同步下滑」，中國時報，民國90年7月18日，四版

108.同上註。

109.楊開煌教授是民國90年6月29日在國民黨政策基金會所舉辦的一場學術研討會上回答北京學者宋寶賢的問題所表達的看法。

110.聯合報特派記者賀靜萍發自北京的報導，請參考該報，民國90年8月23日，頭版。

111.林淑玲，「邱義仁：毋須爲加入WTO而接受一中」，中國時報，民國90年7月7日，三版。

112.同上註。

113.周德惠，「工商界：一張七年不侵臺的保單」，聯合報，民國90年7月14日，四版。

114.有關中共申奧代表在莫斯科宣稱聖火會繞經臺灣，是在TVBS新聞台上播出，並有繪圖註明聖火經過的地點，其中包括臺灣。臺灣官員的反應，可見行政院體委會副主委鄧志富的看法，聯合報，民國90年7月14日，二

版，或陸委會副主委陳明通的看法，聯合報，民國90年7月15日，三版。

115.香港星島日報2001年5月12日報導，「以胡錦濤為組長，溫家寶、曾慶紅為副組長的中共十六大籌備組，近日經中共中央政治局常委會同意，提出一份新的黨和國家領導人的名單，交由中共中央政治局委員、中央委員、全國人大副委員長、全國政協副主席、中央軍委委員及部分黨政軍老同志徵求意見。該份名單提議：由胡錦濤任中共總書記、江澤民任中共中央軍委主席、李鵬任國家主席、溫家寶任國務院總理、尉健行任全國人大委員長、李嵐清任全國政協主席。」請上星島日報網站http://www.singtao.com/，或相關內容請見聯合報，民國90年5月13日，十三版。

116.請查閱新華社網址，http://big5.xinhuanet.com

第六章

結論

陳水扁在贏得2000年總統大選之後的週年，兩岸僵局仍沒有打開，而兩岸的氣氛更隨著美國對臺軍售以及中美撞機事件之後逐漸繃緊。北京當局雖然上自朱鎔基在2001年3月全國人代與政協兩會召開期間發表對臺看法時語氣較前緩和，而且下至國臺辦記者會上也有正面說出兩岸關係在過去一年形勢是向前發展，可是同時間國臺辦也有重話撂下，那就是北京認為兩岸關係緊張的根源並沒有消除。[117]

我們若仔細檢驗陳水扁勝選以來的大陸政策，就會發現他的努力付出，與回收的「成本」不成比例，這樣的癥結至少有下列幾點原因可以解釋。

一、是陳水扁的決策風格使然。一是遲疑，另一是多變，讓他的大陸政策遭致了北京當局的疑慮。所謂「遲疑」，是很多事當斷卻未決，導致很多重要的宣示往往與最好的時機錯開；另外，所謂「多變」，雖不是朝令夕改，但是像2000年6月27日會見美國亞洲基金會傅勒會長才說到，新政府願意接受海基、海協兩會之前會談的共識，那就是「一個中國、各自表述」，三天之後，在接見美國外交政策全國委員會訪問團時，陳水扁卻改口說「我們不認為一九九二年，彼此曾就『一個中國原則』達到共識或結論」。這樣的決策風格，當然很難有讓對服的基礎。

二、政策層面相當消極，與北京當局起初所期待「有積極動作」有所落差。「四不一沒有」的宣示往往容易被解讀為「只看到陳水扁說他不做什麼，但從未看到他要做什麼」。因此北京說對陳水扁要「聽其言、觀其行」，說穿了，就是希望見到陳水扁有點積極動作。當「期待」一直處在落空的階段，兩岸關係當然見不到曙光。

三、陳水扁的大陸政策在策略上曾採取「政策有模糊解讀空間」，這本來也是臺北有限選擇中的無奈。但是可惜的是，政黨輪替的背景讓他在這策略上的運用被北京解讀爲在玩弄「文字遊戲」。就以統合論爲例，這樣的「善意」最後並沒有贏得北京的認同，反而更加深北京疑慮認爲是臺北在運用「文字障眼法」，憑心說，這眞的是因人因地的不同就會有不同的評價。

四、不可否認的，陳水扁內心世界的臺獨理念，以及必須背負民進黨黨綱的包袱，是讓北京不會相信阿扁在大陸政策有調整說法的基礎所在。

事實上，陳水扁的大陸政策，是有意在「兩害相權取其輕」的中間路線出發。他也有努力調整的跡象，可惜時空變化太多，新政府未能趕上步伐，另外則是前面所述先天不良以及後天失調，導致今天的結局，是「天意」，也是「人禍」。

但是，大陸政策不能一直維持目前狀態不變，因爲導致兩岸僵局持續，固然對雙方來說都會受到傷害，不過當時間不是站在臺灣這一邊時，臺北在這樣僵持狀態持續發酵之中，可能受到衝擊更甚於北京。

當然，唯一打破兩岸目前僵局就是雙方能有所接觸，對話以及談判。但是自1999年7月兩國論出現之後，北京當局已多次說明，唯有堅持一個中國原則，放棄兩國論，回到九二年雙方口頭上均支持一個中國的共識，才有兩岸復談的可能。

即使2000年5月20日陳水扁就職之後，在他就職演說中已提及「兩國論不會入憲」。北京還是認爲，如果兩岸還有所對話及協商，必須堅持一個中國原則以及回復九二共識。事實上，這已經說明，對北京來說「一個中國原則」就是底線，已經沒有再退讓的空間。

當然對臺灣來說，也並非說只有接受北京提供條件的餘地，但是重要的是在現實的政治環境裡，臺北有無條件可以拒絕一個中國原則。所以陳水扁的大陸政策來說，除非他與他的團隊幕僚仍然堅持臺灣獨立的目標，否則他無法在兩岸之間的接觸重建工程上完全迴避一中國原則。更準確的說，他必須要面對這個問題。另外，在陳水扁的大陸政策裡，他其實最重視也是最在乎的是「兩岸政治定位對等」的問題。因爲唯有對等的兩岸政治定位，臺北才能考慮是否可接受一個中國原則，以及規劃兩岸來進一步的和平環境。因此，就上述二個重要背景或因素來看，新政府的大陸政策實在需要更深一層的思考。作爲一份政策探討專著，本書也願在結論之中提出具體的建議：

首先就「一個中國原則」而言，極具臺灣本土「草根」特色的台塑集團董事長王永慶在2001年6月19日在一場演講中建議臺灣要接受「大陸一中」。不過王永慶在第二天就作了澄清，強調他的一中視兩岸基於平等立場，各自表述，而不是接受中共所謂的「一中」。[118]

其實，若就一中的「原則」而言，國民黨主政時代基本上就是贊同「一中原則」的，1992年還特別強調過「海岸兩岸均堅持一個中國的原則」，即便1999年李登輝提出「特殊國與國關係」，國民黨在中常會中還說明這是基於「一中原則」。

但若就一中的「意涵」言，大陸的「一中」提的當然就是中華人民共和國。這一點，台灣地區民眾可能絕大多數不會接受。事實上，在要求對等的基礎下，一中就只能各說各話，各自表述，或只是基於一種原則或概念不太可能具體化。

但是，王永慶為什麼要說出「接受一中或一中各表」，可能才是這個問題眞正重點所在。因為他提說要接受一中同時，他也提出對「戒急用忍」政策的批評，對臺灣目前政局、社會以及經濟現象沉淪的憂心。王永慶的看法，或許就是今日多數企業家的心聲，就是臺灣在面臨大陸市場誘惑以及本身競爭優勢逐漸喪失之中，因政府大陸政策不明朗而感到困擾。王的看法，可能更反映臺灣較多數民眾的憂慮，這樣的經濟蕭條，政局動盪，還碰上兩岸極度不穩定的因素，在面臨不確定的未來時，可能更著急的是政府的大陸政策還在捉摸不定。

所以王永慶說接受「一中」，還不如他想說，政府什麼時候應有明確的大陸政策。

自陳水扁上台後一年時間，雖然兩岸關係如他所言沒有惡化到哪裡去，但是，目前兩岸短暫穩定是否只是個假象，當政府不敢說清楚，而臺灣內部人心仍有惶恐卻正是說明了對陳總統「樂觀」的否定。另外，一年來的陳水扁大陸政策，只看到他說一連串「不要」，但是面對最核心的問題，卻沒有說出「要」字，政策沒有主動積極面，不要說老百姓無所適從，就算精明的企業家也會昏頭轉向，王永慶的批評，祇是未來持續反彈的起步而已。

其實，在王永慶提出接受一中的問題之後，新政府應該要好好思考下列幾個問題：

一、在美國主張一個中國政策，與北京堅持兩岸復談必須在一個中國原則之情況下，應盤算臺北有多少實力本錢與時間可繼續迴避這個問題，簡單說，現狀還能維持多久？

二、不管接受或不接受，政府內部是否要有「考量一個中國接受與否」政策辯論。否則一旦被迫因應而無詞以對，說服不了臺灣內部與國際社會時還好最多只有反彈，但導致北京藉口採取「斷然措施」，受害最大將是臺灣老百姓。

三、目前在政府宣導下，臺灣民眾多數瞭解接受「一個中國」會損失什麼。但是政府有義務與責任要「兩面具陳」，告訴民眾若不接受「一個中國」臺灣也會損失些什麼。「兩害相權取其輕」，取決於民眾智慧，當然也是政府採取措施的依據。只採迴避的手段就表示政府政策沒有「有效選項」。

四、過去兩岸交手，三通開放與否是臺灣最大的籌碼，現在時空環境轉變，過去的籌碼就變成現在牌桌上的「無力」。是否應把「前鑑」放在「一個中國」問題上來思考，使得臺灣在接受大陸急需的一中原則之時同樣有可夾帶對臺灣有利的條件，譬如要求兩岸對等的政治定位，這樣是否更有利臺灣談判的籌碼？

五、如果全般否定一中，臺灣不再追求與大陸統一或整合目標，只建立臺灣的主體性，即使不觸及「獨立」字眼也可。但是在政策宣示上也要講的明白，原因很簡單，大陸政策原本擁有的「模糊空間」目前已隨著阿扁上台後逐漸被壓縮。

綜觀上面問題的評估得失，基本上可歸納成一種看法，那就是當一中問題不再只是來自對岸的壓力，更多是來自臺灣內部在野聯盟與企業家的反彈，新政府就不能在一味的迴避，更不要只是信口「否定大陸一中」，但政府能否提共「臺灣一中」才是重要關鍵。

其實「臺灣一中」新政府並非沒有提過，以2001年12月31日所發表的「元旦祝詞」為例，陳水扁就提出「根據中華民國憲法，『一個中國』原本不是個問題」的看法。

到了2001年11月27日，由陳水扁主導的「跨黨派小組」還在「三個認知，四個建議」的共識聲明中說出「依據中華民國憲法增進兩岸關係，處理兩岸爭議及回應對岸一個中國的主張」的建議。由此看來，臺灣版的「一中原則」新政府並非完全排斥，甚至只要民進黨內部都有所共識達成，陳水扁團隊就可提出「臺灣一中」具體的政策宣示。但是，這樣「一中」的主張爲什麼沒有繼續延伸，有很大的考量是在「兩岸對等政治定位」尙未能有進一步的凸顯。

不過，陸委會主委蔡英文在2001年4月22日於伯仲文教基金會與聯合報合辦的一場公開演講中，提出了有關「兩岸定位」的概念。這種看法，很值得在階段兩岸關係發展中重新來審查與檢討。

蔡英文的演講中有兩點概念是值得提出來探討的：

一、正視對岸的存在，但也要求大陸當局承認中華民國的存在。雖然這種相互承認彼此的「存在」，在蔡英文的言辭中，是因應我方的兩岸人民關係條例可能將全盤修改，但是不可否認的，如果兩岸一旦觸及政治性議題的談判，陸委會目前的想法又何嘗不是爲未來兩岸的政治定位先做鋪路。

二、推動以臺灣爲主體的兩岸交流架構，但另方面也強調並無意迴避「一個中國」的問題。不過，蔡英文強調的是，「一個中國」是問題本質，而非談判前提。[119]

這兩個概念的重要性，就在於已隱約突顯今後臺北大陸政策的走向。可能有很多人尚未十分清楚陳水扁在就職週年紀念第二天就要出訪中南美洲友邦的重要使命所在，其中之一便是要「臺灣站起來」。這句話陳水扁曾經給予詮釋過，那就是他必須以國家領導人的身分走出去，讓國際社會正視臺灣的「存在」。[120]如以這樣看法與蔡英文的概念相互輝映，就不難理解今後在陳水扁主導的大陸政策裡，有關臺灣的主體地位就必須優先確立。

當然，談大陸政策，不能只是府院會黨之間少數幾位看法就能定論的「文字組合」。過去民進黨執政當局，對於未來政策走向是曾有諮詢過不同黨派人士的看法。但是，假設這次蔡英文的談話可視爲是政策風向指標的話，那麼在陳水扁正式談話或書面文件披露之前，就可能需要事先經過一個具有各政黨「共識標誌」的渠道或組織，例如，重組後的國統會，先行研討進而希望凝聚各方觀點的結論能夠出現。

基本上，這種共識在現階段朝野間不難形成。因爲要求對岸承認臺灣事實上的「存在」，以及推動臺灣爲主體的兩岸交流架構，實際上在臺灣目前還沒有任何一個政黨會有強烈不同看法。如果認爲國統會的重組召開有時間上的緊迫性，那麼陳水扁若肯謙卑的走訪幾位政黨領黨人，提出他的看法，聽取他們的建議，最後綜合成大家的意見，並非是件不可能的任務。

但是蔡英文政策風向，還是有幾點需要納入些外界的意見。這種野人獻曝的觀點，有時候往往可能扮演成爲補拙的角色：

一、如果大陸政策在某些方面仍要維持「模糊」的境界，那麼陸委會在推動以臺灣爲「主體」的兩岸交流架構時，這個「主體」將聲言不會明確定位或等於「主權國家」的層次上。這並不是說臺北要刻意「矮化」自己，而是說當「主體」定位的模糊性，能一方面不傷害到臺北的地位自主性與獨立性，但另方面又卻能拓展兩岸談判臺北可掌握主導性與開創性，這樣策略上運用的技巧，應該是蔡英文所能理解的。

二、如果未來之兩岸政治談判不可避免的要彰顯兩岸對等的定位。這也就是說，「平等協商」必須要先確定兩岸相互對等的地位，那麼大陸政策中不管就對岸或己方都將不容許有模糊的空間。在這情況下，陸委會可就「在一個中國原則下，而非在現存的一個中國前提下，兩岸應給於什麼樣的政治地位，始能進行下一階段的政治性議題談判」這個問題，向北京當局提出回應的要求。陸委會並可強調，一個中國只是個概念上的原則，只有兩岸政治定位明確可予平等協商之後，「一個中國」才可能走上實質的結果。否則，沒有一個平等或對等的兩岸基礎，就不可能會有一個中國原則的概念。

三、新政府多次提說重回九二年共識有其不切實際之處，就一個政黨輪替之後的政府而言，基本上這是可以理解的。但是同時間台北也需要強調，新政府現今到底有無堅持一個中國原則的意願。當然有意願並不等於政府必然接受，因爲至少還需要觀察兩岸能否平等協商。但是如果政府根本沒有意願，還要從談判中創造意願，恐怕兩岸局面是桌子尙未擺好客人已散。如何在「意願」一詞中妥善作點文章，恐怕要考驗新政府的智慧。

註釋

117.中共總理朱鎔基在2001年3月15日下午于全國人大閉幕後的記者會上，以柔軟的語氣表示，希望臺灣回到一個中國立場上面來，那麼什麼問題都可以談，如果不承認一個中國，甚至不承認自己是中國人，「那怎麼談呢？」。請參考中國時報記者發自北京的報導，民國90年3月16日，頭版。而中共國臺辦主任助理孫亞夫，則在2001年3月16日在北京釣魚台大酒店舉行記者會，指出去年3月18日後的兩岸關係，整體來說形式是向前發展，而臺灣領導人也做出一些承諾，但由于臺灣領導人迄今不接受一中及九二共識，使兩岸關係緊張根源並沒有消除，見記者賀靜萍發自北京的報導，聯合報，民國90年3月17日，頭版。

118.邱展光，「王永慶：一中是指九二共識」，聯合報，民國90年6月21日，詳細內容請參閱該報網站http://be1.udnnews.com.tw/2001/6/21/NEWS/FINANCE/TAIWAN-CHINA/338193.shtml。

119.楊羽雯，「正視對方存在兩岸條例將全盤修改」，聯合報，民國90年4月23日。

120.請參考註71。

附件一

陳水扁總統五二〇就職演說

——臺灣站起來——迎接向上提昇的時代

各位友邦元首、各位貴賓、各位親愛的海內外同胞：

這是一個光榮的時刻，也是一個莊嚴而充滿希望的時刻。

感謝遠道而來的各位嘉賓，以及全世界熱愛民主、關心臺灣的朋友，與我們一起分享此刻的榮耀。

我們今天在這裡，不只是爲了慶祝一個就職典禮，而是爲了見證得來不易的民主價值，見證一個新時代的開始。

在二十一世紀來臨的前夕，臺灣人民用民主的選票完成了歷史性的政黨輪替。這不僅是中華民國歷史上的第一次，更是全球華人社會劃時代的里程碑。臺灣不只爲亞洲的民主經驗樹立了新典範，也爲全世界第三波的民主潮流增添了一個感人的例證。

中華民國第十任總統選舉的過程讓全世界清楚的看到，自由民主的果實如此得來不易。兩千三百萬人民以無比堅定的意志，用愛弭平敵意、以希望克服威脅、用信心戰勝了恐懼。

我們用神聖的選票向全世界證明，自由民主是顛撲不滅的普世價值，追求和平更是人類理性的最高目標。

公元2000年臺灣總統大選的結果，不是個人的勝利或政黨的勝利，而是人民的勝利、民主的勝利。因爲，我們在舉世注目的焦點中，一起超越了恐懼、威脅和壓迫，勇敢的站起來！

臺灣站起來，展現著理性的堅持和民主的信仰。

臺灣站起來，代表著人民的自信和國家的尊嚴。

臺灣站起來，象徵著希望的追求和夢想的實現。

親愛的同胞，讓我們永遠記得這一刻，永遠記得珍惜和感恩，因爲民主的成果並非憑空而來，而是走過艱難險阻、歷經千辛萬苦才得以實現。如果沒有民主前輩們前仆後繼的無畏犧牲、沒有千萬人民對於自由民主的堅定信仰，我們今天就不可能站在自己親愛的土地上，慶祝這一個屬於全民的光榮盛典。

今天，我們彷彿站在一座嶄新的歷史門前。臺灣人民透過民主錘鍊的過程，爲我們共同的命運打造了一把全新的鑰匙。新世紀的希望之門即將開啓。我們如此謙卑，但絕不退縮。我們充滿自信，但沒有絲毫自滿。

從三月十八日選舉結果揭曉的那一刻開始，阿扁以最嚴肅而謙卑的心情接受全民的付託，誓言必將竭盡個人的心力、智慧和勇氣，來承擔國家未來的重責大任。

個人深切的瞭解，政黨輪替、政權和平轉移的意義絕對不只是「換人換黨」的人事更替，更不是「改朝換代」的權力轉移，而是透過民主的程序，把國家和政府的權力交還給人民。人民才是國家眞正的主人，不是任何個人或政黨所能佔有；政府是爲人民而存在的，從國家元首到基層公務員都是全民的公僕。

政黨輪替並不代表對於過去的全盤否定。歷來的執政者為國家人民的付出，我們都應該給予公正的評價。李登輝先生過去十二年主政期間所推動的民主改革與卓越政績，也應該獲得國人最高的推崇與衷心的感念。

在選舉的過程中，臺灣社會高度動員、積極參與，儘管有不同的主張和立場，但是每一個人為了政治理念和國家前途挺身而出的初衷是一樣的。我們相信，選舉的結束是和解的開始，激情落幕之後應該是理性的抬頭。在國家利益與人民福祉的最高原則之下，未來不論是執政者或在野者，都應該能不負人民的付託、善盡本身的職責，實現政黨政治公平競爭、民主政治監督制衡的理想。

一個公平競爭、包容信任的民主社會，是國家進步的最大動能。在國家利益高於政黨利益的基礎之上，我們應該凝聚全民的意志與朝野的共識，著手推動國家的進步改革。

「全民政府、清流共治」是阿扁在選舉期間對人民的承諾，也是臺灣社會未來要跨越斷層、向上提昇的重要關鍵。

「全民政府」的精神在於「政府是為人民而存在的」，人民是國家的主人和股東，政府的施政必須以多數的民意為依歸。人民的利益絕對高於政黨的利益和個人的利益。

阿扁永遠以身為民主進步黨的黨員為榮，但是從宣誓就職的這一刻開始，個人將以全部的心力做好「全民總統」的角色。正如同全民新政府的組成，我們用人唯才、不分族群、不分性別、不分黨派，未來的各項施政也都必須以全民的福祉爲目標。

「清流共治」的首要目標是要掃除黑金、杜絕賄選。長期以來，臺灣社會黑白不分、黑道金權介入政治的情況已經遭致臺灣人民的深惡痛絕。基層選舉買票賄選的文化，不僅剝奪了人民「選賢與能、當家作主」的權利，更讓臺灣的民主發展蒙上污名。

今天，阿扁願意在此承諾，新政府將以最大的決心來消除賄選、打擊黑金，讓臺灣社會徹底擺脫向下沈淪的力量，讓清流共治向上提昇，還給人民一個清明的政治環境。

在活力政府的改造方面，面對日益激烈的全球化競爭，爲了確保臺灣的競爭力，我們必須建立一個廉潔、效能、有遠見、有活力、有高度彈性和應變力的新政府。「大有爲」政府的時代已經過去，取而代之的應該是與民間建立夥伴關係的「小而能」政府。我們應該加速精簡政府的職能與組織，積極擴大民間扮演的角色。如此不僅可以讓民間的活力盡情發揮，也能大幅減輕政府的負擔。

同樣的夥伴關係也應該建立在中央與地方政府之間。我們要打破過去中央集權又集錢的威權心態，落實「地方能做、中央不做」的地方自治精神，讓地方與中央政府一起共享資源、一起承擔責任。無論東西南北、不分本島離島，都能夠獲得均衡多元的發展，拉近城鄉之間的距離。

當然，我們也應該瞭解，政府不是一切問題的答案，人民才是經濟發展與社會進步的原動力。過去半個世紀以來，臺灣人民靠著胼手胝足的努力創造了舉世稱羨的經濟奇蹟，也奠定了中華民國生存發展的命脈。如今，面對資訊科技日新月異以及貿易自由化的衝擊，臺灣的產業發展必然要走向知識經濟的時代，高科技的產業必須不斷創新，傳統的產業也必然要轉型升級。

未來的政府並不一定要繼續扮演過去「領導者」和「管理者」的角色，反而應該像民間企業所期待的，政府是「支援者」和「服務者」。現代政府的責任在於提高行政的效能、改善國內的投資環境、維持金融秩序與股市的穩定，讓經濟的發展透過公平的競爭走向完全的自由化和國際化。循此原則，民間的活力自然能夠蓬勃興盛，再創下一個階段的經濟奇蹟。

除了鞏固民主的成果、推動政府的改造、提昇經濟的競爭力之外，新政府的首要施政目標應該是順應民意、厲行改革，讓這一塊土地上的人民生活得更有尊嚴、更有自信、更有品質。讓我們的社會不僅安全、和諧、富裕，也要符合公平正義。讓我們的下一代在充滿希望與快樂的教育環境中學習，培養國民不斷成長的競爭力。

二十一世紀將是強調「生活者權利」、「精緻化生活」的時代。舉凡與人民生活息息相關的治安改善、社會福利、環保生態、國土規劃、垃圾處理、河川整治、交通整頓、社區營造等問題，政府都必須提出一套解決方案，並透過公權力徹底加以落實。

當前我們必須立即提昇的是治安改善與環境保護這兩

大生活品質的重要指標。建立社會新秩序，讓所有的老百姓都能安居樂業，生活沒有恐懼。在生態保育與經濟發展之間取得相容的平衡點，讓臺灣成爲永續發展的綠色矽島。

司法的尊嚴是民主政治與社會正義的堅強防線。一個公正、獨立的司法體系不僅是社會秩序的維護者，也是人民權益的捍衛者。目前司法的改革還有一段很長的路要走，國人必須繼續給予司法界嚴格的督促與殷切的期盼，在此同時，我們也應該節制行政權力，還給司法獨立運作、不受干擾的空間。

臺灣最重要的資源是人力的資源，人才是國家競爭力的根本，教育是「藏富於民」的百年大計。我們將儘速凝聚朝野、學界與民間的共識，持續推動教改的希望工程，建立健康、積極、活潑、創新的教育體制，使臺灣在激烈的國際競爭力之下，源源不斷地培育一流、優秀的人才。讓臺灣社會逐漸走向「學習型組織」和「知識型社會」，鼓舞人民終身學習、求新求變，充分發揮個人的潛力與創造力。

目前在全國各地普遍發展的草根性社區組織，包括對地方歷史、人文、地理、生態的探索和維護，展現了人文臺灣由下而上的民間活力。不管是地方文化、庶民文化或者精緻文化，都是臺灣文化整體的一部分。臺灣因爲特殊的歷史與地理緣故，蘊含了最豐美多樣的文化元素，但是文化建設無法一蹴可幾，而是要靠一點一滴的累積。我們必須敞開心胸、包容尊重，讓多元族群與不同地域的文化相互感通，讓立足臺灣的本土文化與華人文化、世界文化自然接軌，創造「文化臺灣、世紀維新」的新格局。

去年發生的九二一大地震，讓我們心愛的土地和同胞歷經前所未有的浩劫，傷痛之深至今未能癒合。新政府對於災區的重建工作刻不容緩，包括產業的復甦和心靈的重建，必須做到最後一人的照顧、最後一處的重建完成爲止。在此，我們也要對於災後救援與重建過程中，充滿大愛、無私奉獻的所有個人與民間團體，再次表達最高的敬意。在大自然的惡力中，我們看到了臺灣最美的慈悲、最強的信念、最大的信任！九二一震災讓同胞受傷跌倒，但是在「志工臺灣」的精神中，臺灣新家庭一定會重新堅強的站起來！

親愛的同胞，四百年前，臺灣因爲璀麗的山川風貌被世人稱爲「福爾摩沙——美麗之島」。今天，因爲這一塊土地上的人民所締造的歷史新頁，臺灣重新展現了「民主之島」的風采，再次吸引了全世界的目光。

我們相信，以今日的民主成就加上科技經貿的實力，中華民國一定可以繼續在國際社會中扮演不可或缺的角色。除了持續加強與友邦的實質外交關係之外，我們更要積極參與各種非政府的國際組織。透過人道關懷、經貿合作與文化交流等各種方式，積極參與國際事務，擴大臺灣在國際的生存空間，並且回饋國際社會。

除此之外，我們也願意承諾對於國際人權的維護做出更積極的貢獻。中華民國不能也不會自外於世界人權的潮流，我們將遵守包括「世界人權宣言」、「公民與政治權利國際公約」以及維也納世界人權會議的宣言和行動綱領，將中華民國重新納入國際人權體系。

新政府將敦請立法院通過批准「國際人權法典」，使其國內法化，成爲正式的「臺灣人權法典」。我們希望實現聯合國長期所推動的主張，在臺灣設立獨立運作的國家人權委員會，並且邀請國際法律人委員會和國際特赦組織這兩個卓越的非政府人權組織，協助我們落實各項人權保護的措施，讓中華民國成爲二十一世紀人權的新指標。

我們堅信，不管在任何一個時代、在地球的任何一個角落，自由、民主、人權的意義和價值都不能被漠視或改變。

二十世紀的歷史留給人類一個最大的教訓，那就是—戰爭是人類的失敗。不論目的何在、理由多麼冠冕堂皇，戰爭都是對自由、民主、人權最大的傷害。

過去一百多年來，中國曾經遭受帝國主義的侵略，留下難以抹滅的歷史傷痕。臺灣的命運更加坎坷，曾經先後受到強權的欺凌和殖民政權的統治。如此相同的歷史遭遇，理應爲兩岸人民之間的相互諒解，爲共同追求自由、民主、人權的決心，奠下厚實的基礎。然而，因爲長期的隔離，使得雙方發展出截然不同的政治制度和生活方式，從此阻斷了兩岸人民以同理心互相對待的情誼，甚至因爲隔離而造成了對立的圍牆。

如今，冷戰已經結束，該是兩岸拋棄舊時代所遺留下來的敵意與對立的時候了。我們無須再等待，因爲此刻就是兩岸共創和解時代的新契機。

海峽兩岸人民源自於相同的血緣、文化和歷史背景，我們相信雙方的領導人一定有足夠的智慧與創意，秉持民主對等的原則，在既有的基礎之上，以善意營造合作的條件，共同來處理未來「一個中國」的問題。

本人深切瞭解，身爲民選的中華民國第十任總統，自當恪遵憲法，維護國家的主權、尊嚴與安全，確保全體國民的福祉。因此，只要中共無意對臺動武，本人保證在任期之內，不會宣布獨立，不會更改國號，不會推動兩國論入憲，不會推動改變現狀的統獨公投，也沒有廢除國統綱領與國統會的問題。

歷史證明，戰爭只會引來更多的仇恨與敵意，絲毫無助於彼此關係的發展。中國人強調王霸之分，相信行仁政必能使「近者悅、遠者來」、「遠人不服，則修文德以來之」的道理。這些中國人的智慧，即使到了下一個世紀，仍然是放諸四海皆準的至理名言。

大陸在鄧小平先生與江澤民先生的領導下，創造了經濟開放的奇蹟；而臺灣在半個世紀以來，不僅創造了經濟奇蹟，也締造了民主的政治奇蹟。在此基礎上，兩岸的政府與人民若能多多交流，秉持「善意和解、積極合作、永久和平」的原則，尊重人民自由意志的選擇，排除不必要的種種障礙，海峽兩岸必能爲亞太地區的繁榮與穩定做出重大的貢獻，也必將爲全體人類創造更輝煌的東方文明。

親愛的同胞，我們多麼希望海內外的華人都能親身體驗、共同分享這一刻的動人情景。眼前開闊的凱達格蘭大道，數年之前仍然戒備森嚴；在我身後的這棟建築，曾經是殖民時代的總督府。今天，我們齊聚在這裡，用土地的樂章和人民的聲音來歌頌民主的光榮喜悅。如果用心體會，海內外同胞應該都能領悟這一刻所代表的深遠意義—威權和武力只能讓人一時屈服，民主自由才是永垂不朽的價值。唯有服膺人民的意志，才能開拓歷史的道路、打造不朽的建築。

今天，阿扁以一個佃農之子、貧寒的出身，能夠在這一塊土地上奮鬥成長，歷經挫折與考驗，終於贏得人民的信賴，承擔起領導國家的重責大任。個人的成就如此卑微，但其中隱含的寓意卻彌足可貴。因爲，每一位福爾摩沙的子民都和阿扁一樣，都是「臺灣之子」。不論在多麼艱困的環境中，臺灣都像至愛無私的母親，從不間斷的賜予我們機會，帶領我們實現美好的夢想。

臺灣之子的精神啓示著我們：儘管臺澎金馬只是太平洋邊的蕞爾小島，只要兩千三百萬同胞不畏艱難、攜手向前，我們夢想的地圖將會無限遠大，一直延伸到地平線的盡頭。

親愛的同胞，這一刻的光榮屬於全體人民，所有的恩典都要歸於臺灣——我們永遠的母親。讓我們一起對土地感恩、向人民致敬。自由民主萬歲！

臺灣人民萬歲！
敬祝中華民國國運昌隆！
全國同胞和各位嘉賓健康愉快！

附件二

陳水扁總統六二〇記者會內容

（節錄）

中華民國八十九年六月二〇日

壹、總統致詞部分

六月十三日大家從媒體看到南北韓的領導人創造了歷史性上「握手的一刻」，南北韓長期對峙超過半世紀，意識形態南轅北轍，我相信只要有智慧、只要有創意，就可以完成不可能的任務，我非常感佩南北韓兩位領導人，終於能夠走出歷史的一大步，「握手的一刻」那張照片我掛在書房，我會永遠記得，因爲這是我學習的榜樣，也是我應該效法的對象。南北韓能，爲什麼兩岸不能？我相信兩岸的領導人同樣具有智慧，同樣具有創意，我們可以一起來改寫歷史、來創造歷史，阿扁在此誠摯地邀請中共的領導人江澤民先生，我們是不是攜手努力，我們也可以共同創造像南北韓一樣的歷史性「握手的一刻」，我們可以不拘形式、不限地點、也不設前提，我們兩位領導人可以坐下來，我們可以握手和解，我相信如何爲海峽兩岸的人民做出最大的付出跟貢獻，這是海峽兩岸的全體人民同胞共同的盼望。五二〇阿扁的就職演說，我相信很多的人都聽到、看過，但是阿扁要再一次重申強調，不是如同外界有些人所說的，阿扁針對兩岸問題的談話，例如，強調我們不做什麼，其實裡面有很多的我們要做什麼，例如，其中包括阿扁曾說，阿扁做爲中華民國的總統，要遵守中華民國的憲法，要來維護國家的主權、尊嚴跟安全，以及謀求民眾的最高福祉；又例如，阿扁曾講，我們希望海峽兩岸的領導人能夠拿出智慧跟創意，能夠秉持民主對等的原則，共同來營造一個兩岸可以合作的新好環境；也例如，阿扁曾講，我們希望海峽兩岸都能夠尊重人民自由意志的選擇；也例如說阿扁曾講在既有的基礎之上，我們希望海峽兩岸大家共同努力，共同處理未來「一個中國」的問題，阿扁的善意，臺灣的誠意，人民的付託，我相信國際社會都已經可以感受到，我們希望能夠存異求同，在既有的基礎之上，我們有信心海峽兩岸，絕對可以處理「未來一個中國」的問題。所謂「既有的基礎」，阿扁要再次補充強調，過去海峽兩岸海基、海協兩會的接觸、對話，協商與協議，只要有結論，只要有共識，都是既有的基礎。九二年的事情，對岸說有所謂「一個中國原則」的共識，但我方認爲，好像事實不是這樣，「一個中國」的問題，有討論但是沒共識，我們提出來，如果有「共識」，應該是「一個中國各自口頭表述」，但是對岸認爲並沒有這樣的共識，所以如果說要有「共識」，那是沒有共識的「共識」，所謂「AGREE TO DISAGREE」。大家同意，雙方都可以有不同的意見，我覺得非常好。只要大家有誠意，大家有善意，大家願意攜手走出歷史性的一大步，我們握手和解，我們爲什麼不繼續努力，試著尋找出「一個中國」的涵意，一個能爲兩岸所能眞正接受的「一個中國」的眞正涵意，爲什麼我們不能繼續努力？我們的「一個中國」的涵意，希望在雙方都能接受的基礎之上來作結論，我希望五二〇的就職演說，臺灣人民、中華民國國民、包括阿扁在內，不分朝野，大家願意走這樣的訴求與目的，希望未來的情況能夠變得更好。

既然兩岸都可握手和解，爲什麼我們國內各政黨間不能握手和解，我非常恭喜宋楚瑜先生已經出任新生政黨一親民黨的主席，我也非常恭喜中國國民黨這兩天臨全會順利圓滿成功，也恭喜連戰先生順利高票當選中國國民黨主席，民主進步黨作爲執政黨，謝長廷先生也即將順利當選黨主席，我一直在想，臺灣這麼小，我們希望能力行政黨政治，但是政黨政治不是你死我活的政治，政黨政治可以監督、制衡，更可以公平競爭、分工合作。所以阿扁呼籲我們所有的政黨，爲了國家的利益，爲了人民的利益，我們有很多可以合作的空間，阿扁準備、也希望各個主要政黨的領導人，能相對善意回應，阿扁希望在民主進步黨新任的主席正式誕生之後，我可以有機會，邀請三個主要政黨領導人，包括連主席、宋主席與謝主席，能在總統府，我們一起坐下來握手和解，我們可以共商國是。爲了國家的利益，爲了人民的利益，爲了臺灣的未來，我相信應該沒有婉拒的理由，我希望歷史性的這一天能儘快到來。

貳、問答部分

一、問：總統您好，您剛提到很羨慕兩韓領導人可以握手和解，同樣的也希望兩岸也可以握手和解，找出雙方可以接受「一個中國」的意涵，兩岸跨黨派小組月底將召開會議，在「一個中國」意涵的凝聚共識這一部分，是否為您交付小組的第一個任務？另外，剛剛提到會邀請三個主要政黨的領導人，希望握手和解，是否這三位主席也會納入跨黨派小組來凝聚共識？（中央社陳盈盈）

答：非常感謝，跨黨派小組的運作，目前由中研院李遠哲院長來負責，相信名單很快會出來，接著就可以召集開會。希望能凝聚朝野的共識，也希望能凝聚兩岸問題的共識，當然這是一個非常艱鉅的工程。因為國內是一民主、多元的社會，很多意識形態甚至南轅北轍，但是只要我們能夠走出第一步，讓此機制能運作，一方面凝聚國人的共識，一方面也讓對岸瞭解在一個民主、多元的臺灣內部，跟中國大陸顯然是不同的。中國大陸可以一言堂，可以由上到下，由下到上，全部講相同的話，但是在我們臺灣不可能，所以很多事情如果繼續擴大彼此的歧見，永遠就彼此互不相容。為什麼我們不試著建立已經有的共識，以及有交集的這些結論，而且能從中加以演繹，進一步來發揮，所謂的「存異求同」，只有這樣，距離才能拉近，否則距離越來越遠，這絕非大家所樂見。當然對於未來，跨黨派小組的成員，如何來物色、延攬，這是小組他們的工作，所以我不敢說應該由誰代表，應該請誰來出任，否則我變成有所踰越，這不是我願意做的事情，不過我還是希望儘快地進行，只要政黨的領導人，大家能夠匯聚，不只握手和解，最主要的目的就是要共商國是，當然兩岸的議題，只是其中一端。今天，三個主要政黨領導人大家在一起，兩岸問題絕對不是唯一的議題，我相信國內很多的議題，需要各黨、各派大家能夠形成共識，一致爲國家、爲人民來攜手努力，非常感謝。

二、問：剛才總統的演說中特別提到兩韓模式，我想兩韓（南北韓）在聯合國是擁有雙席次的國家，而這次兩國領導人會面，也是在不設前提的情況下，面對面的對等對談，由於具有這些要素，因此才能對於東北亞的區域和平，發起正面的作用。事實上，總統在就職演說中，已經對中國表達了充分的善意，這一份維持臺海安定的用心，其實國際已經給予高度的肯定。但是，很可惜的是中國到現在爲止，仍然沒有應有的回應，今天總統再次提出兩韓模式，是否可請總統藉這個機會，深入描述兩韓模式的進一步意涵？（自由時報鄒景雯）

答：最近有很多機會接待外賓，當然也包括很著名智庫的負責人，有人告訴我，其實對未來兩岸的和解，我們可以期待，就像兩韓有今天，沒錯，必須要有一定的條件。他們分析，第一：一定是產生了新領導人，像南韓有了新領導人──金大中大統領。所以條件成熟了，條件也改變了。第二個條件就是北韓政局必須穩定，政權穩定也是北韓願意踏出一大步，非常重要的關鍵。第三個條件，當然就是整個國際環境，也必須要有時間上的配合，已經超過半世紀，還能繼續對峙下去，而不握手和解嗎？和解是整個世界的新思潮，也是國際的主流價值，這是一個和解的時代，這三個條件，在公元二千年時比較成熟，所以他們能夠走出一大步。他們也相對分析，海峽兩岸難道沒有類似比較成熟的條件嗎？今天臺灣已經誕生了新的領導人，至於中國大陸，江澤民主席的政權穩定，其實也比過去的情況變得更好。一樣的時間因素、國際的環境，對未來兩岸的領導人能夠握手和解，其實也提供了正面的、有利的方向。當然我也瞭解，光是一方的善意和誠意是不夠的，善意與誠意一定是相互的，我知道問題的盲點，我也知道臺灣的限制，但是我們也有很多在亞太戰略之下的優勢和有利的條件，阿扁從三一八到五二〇，從五二〇到六二〇，我們展現的是我們願意以善意的和解、積極的合作、永久的和平，作爲海峽兩岸領導人、政府與人民大家共同努力的目標。相信這樣的夢，這樣的願景，只要鍥而不捨，只要有心，一定是有利的。阿扁有信心，也希望大家給新政府更多的鼓勵與支持，國內不要自亂腳步，只要我們能夠形成共識，團結一致，我們就有最堅定的偉大力量，能夠共創臺海的永久和平。

三、問：最近臺灣政府高層官員說，美國應在兩岸扮演更積極角色，可是不宜作實質介入，請問您希望美國採取什麼樣具體措施，以促進兩岸談判？還有您覺得兩岸早日恢復談判之可能性，您覺得樂觀嗎？英國金融時報（*Financial Times*）王明（*Mure Dickie*）

答：一九八二年美國政府所提出對中國政策之六點保證，其中一點特別強調，美國不會促談，擔任調人。我相信到目前爲止，美國政策並沒有改變，但是我們特別注意到柯林頓總統在今年二月二十一日當中國大陸提出一個中國政策白皮書時，多次提到兩岸問題之解決應以和平方式，禁止中共使用武力。兩岸問題之解決應該要透過協商來解決，柯林頓總統特別在今年第一次提到，也是外界一般俗稱所謂「對中國政策的第四個支柱」，就是兩岸問題之解決，最後仍然要經由臺灣人民同意，這就是我剛才特別提到尊重人民自由意志之選擇，所以美國不會選擇扮演調人，但是他絕對可以扮演更積極角色，就如同柯林頓總統多次提到兩岸問題之解決，最後仍然要經由臺灣人民同意，尊重臺灣人民自由意志之選擇權，這就是積極扮演之力證，我也相信只要美國願意，他絕對可以繼續扮演更積極角色，因爲維持一個臺海之永久和平，不只符合臺灣之利益，也是美國之共同利益。今天阿扁之就職演說，能夠讓美國滿意、國際肯定，我相信相當程度也可以瞭解，其實我們彼此的溝通沒有任何的障礙，其實我們對很多問題的看法非常一致，我也相信在這樣一個基礎之上，未來我們會更加努力，我們也希望有關一個中國意涵必須要建立在雙方都可以接受之基礎上，來作出結論。沒有共識的共識，有時候是現階段最好的共識。我們希望中華民國和美國在維持臺海和平、在捍衛亞太地區之安全和穩定，能夠做出更大的努力和貢獻。

四、問：總統先生您好，您剛剛特別提到由中研院院長李遠哲先生所召集的跨黨派召集小組將在六月底成立，不知道這樣的一個跨黨派小組將來在現行的決策體系定位如何？以及他和即將改組但遲遲沒有下文的國統會，另外還有陸委會和海基會現行決策機構互動關係爲何？（中國時報張瑞昌）

答：我在五二〇的就職演說已經強調，也就是說，目前沒有廢除「國統會」和「國統綱領」的問題，所以國統會將繼續存在，至於國統會會怎麼樣運作，由於新政府成立伊始，我們希望能夠有充分的時間，相關的幕僚單位一定會經過非常縝密的討論、研議，再進一步提供給我作參考。我也相信陸委會及海基會所扮演的角色，也不是我們跨黨派小組所能取代的，我也相信未來海峽兩岸的對口，仍然必須要仰仗海基會，仍然要借重我們的辜振甫董事長，一切都不會改變，我們跨黨派小組就像國統會也好，或者國安會也好，扮演的是一種諮詢和幕僚的角色，特別是國安會是諮詢幕僚的角色，今天跨黨派小組也是一個幕僚的功能，所以不會取代國統會，也不會取代陸委會，更不會取代海基會，我們希望未來能夠積極來開會形成朝野的共識，我們希望各界在整個跨黨派小組即將運作的時候，能夠給他們更多的鼓勵與期勉的掌聲。謝謝。

五、問：我想把問題拉回兩岸問題上，目前中共對您還是聽其言、觀其行，並未表達多少的善意，尤其中共又不斷地擴充軍備，在將來是否會影響我們的三通政策，我們三通政策的底線在那裏，會不會在「一個中國」上讓步來表達善意？（民視許仲江）

答：有關三通的議題，我一再說明，在國家的安全可以確保的大前提之下，我們願意依照市場法則、比例原則和互惠原則來做全面的檢討、推動，就如同我在五二〇就職演說中，為什麼不提三通議題，最主要我知道「三通」也好，甚至「小三通」也好，如果兩岸沒有坐下來、沒有接觸、沒有對話、沒有協商，就不可能有「小三通」，遑論「大三通」，因為要通，涉及到一些口岸的檢疫、通關的問題，在在的需要大家能夠坐下來好好溝通、對話。所以，問題的重點是，如何能讓海峽兩岸像辜汪會談，能夠重啓協商的大門。如果連這樣一步都做不到，說要「小三通」、要「大三通」都是緣木求魚！個人願意以最大的誠意，做最大的努力，希望海峽兩岸的領導人都能拿出智慧、創意與負責，為兩岸的協商重新開啓大門，來繼續攜手努力。

六、問：剛才總統提起南北朝鮮半島現在的情況，現在南北韓商量在後年舉行的世界足球比賽合作，海峽兩岸有關二〇〇八年的奧林匹克大會，北京已經有希望主辦，對這個問題，總統個人看法如何？（日本共同通信社Kyodo News岡田充Okada Takashi）

答：天底下沒有不可能的事情，我們相信對於北京在公元二〇〇八年主辦奧運會，作為臺灣人民一份子，我們要給予最大的祝福。所以包括未來我們也不排除，支持北京當局能順利爭取主辦奧運會，當然如果可能，其中一部分奧運會比賽項目也可以移來臺灣一起舉行。所以事情看起來好像非常敏感，目前看起來好像絕對不可能。不過還有八年的時間，我覺得沒有不可能的事，只要大家有誠意，大家願意握手和解，天底下沒有不可能的事情。

七、問：總統在接見外賓時首次對兩岸邦聯制的構想，表示是新的構想、新的思維，可作為人民凝聚共識的進一步思考。請總統對此部分做具體說明。（眞相電視吳家翔）

答：我講「邦聯」，不是在接待外賓時所講的，而是在拜訪孫資政運璿時所提的。我覺得我們沒有預設立場、也沒有預設前提、也沒有預設結論。我們是希望在這樣的一個挖空自己、留待很多可以塡補的空間，願意跟中共的領導人坐下來談。我相信就像南北韓，他們坐下來並不等於一定要有預設前提、預設立場，我們所瞭解的南北韓對於所謂的「朝鮮半島的統一政策」，其實也南轅北轍，目前彼此之間並不一致，甚至對南韓來講，所謂從「聯邦」、「邦聯」，甚至到最後是「一個國家」等等這些提議，目前這一些階段性的追求都言之過早，但是沒有預設前提，仍然可以坐下來。所謂的「邦聯」，這只是對未來海峽兩岸的關係可能的發展方案中的其中一個基本思維，到底可行不可行，我相信人民最大，要尊重人民的自由意志的選擇。臺灣的未來、兩岸的關係，不是阿扁個人所能夠決定，我也相信不是哪一個政黨所能夠擅自來壟斷，最後是要聽人民的，只有臺灣人民——只有兩千三百萬的臺灣同胞，才有權利來決定臺灣未來的最後走向，謝謝。

附件三

陳水扁總統民國九十年元旦祝詞

各位親愛的海內外同胞：

今天是中華民國九十年元旦，也是二十一世紀的第一天。當全世界以歡欣鼓舞的心情迎接新世紀的來臨之際，個人要以最嚴肅和最堅定的態度，爲兩千三百萬臺灣人民祈福。

回顧九十年來的歷史，中華民國走過篳路藍縷的草創初期，歷經殖民統治與威權領導，以「經濟奇蹟」贏得舉世驚讚，繼而以政權和平轉移的「政治奇蹟」爲二十世紀劃下完美的句點，同時也開啓了新世紀的曙光。

長期以來，在國際現實主義的運作與中共的強力打壓之下，致使我國外交空間的拓展備感艱辛，但是我們致力實踐民主、發展經貿關係、履行國際義務、回饋國際社會的積極作爲，已經使世界各國重新正視中華民國存在及發展的事實和成就。公元兩千年首度實現的政黨輪替，更是全球華人社會燦爛歷史的驕傲。

即使在全球經濟週期性起伏的變化之中，中華民國政府與人民始終能夠胼手胝足、團結一致、共渡難關，因而享有今天繁榮自主的經貿成果，也塑造了臺灣在國際經濟發展的良好典範。

在改善兩岸關係方面，海峽兩岸人民源自於相同的血緣、文化和歷史背景，這也是兩岸民間交流始終不絕的原因。臺灣內部容或對如何建構未來兩岸關係的策略缺乏共識，但是對於呼籲中共揚棄對臺文攻武嚇，以及以和平方式進行建設性對話的立場並無二致。

親愛的同胞，我們即將進入另一個充滿危機與挑戰，卻又富含機會和進步的新紀元。因此，如何掌握趨勢，創造機運，為國家營造長治久安的願景，是我們在新世紀的開展必須戮力以赴的重要目標。

政權的和平轉移賦予臺灣人民全新的民主體驗。在全體國人殷切的期待與朝野政黨努力督促之下，新政府將以戰戰兢兢、戒慎恐懼的態度來因應嚴峻的挑戰。

在此，個人願意揭櫫政府在新世紀的六大施政課題：

第一、改革金融體制、發展知識經濟：全球化世紀的來臨，促使商品貿易障礙減少，國家之疆界日益模糊，區域主義興起，資訊科技的高速流通更是無遠弗屆。國際經濟相互依存關係日益密切的結果，使得臺灣必須隨時因應國際環境的變化。面對世紀末全球金融榮景的逐步衰退，新世紀的開展可能伴隨著另一波全球經濟不景氣的到來。

因此，我們必須未雨綢繆，積極改革金融體質、健全勞動市場、加速國際合作，建立以知識與法治為支柱的「知識經濟」。

第二、追求政黨和解、促進族群融和：面對充滿急流和險灘的未來，全體國人同胞必須建立同舟共濟的信念，否則意見分歧的結果就是同船皆沒。我們沒有分裂的本錢，因為裂的代價將由兩千三百萬人民共同承擔。

因此，揚棄意識型態堅持、超越個人黨派私利、凝聚國內主流共識、化解省籍族群對立實為共創全民利益福祉與建設國家長治久安的基石。

第三、掃除黑金政治、落實法治精神：長久以來，黑金政治始終是扭曲臺灣政經秩序和社會正義的原罪。個人相信，掃除黑金、回歸公平正義的社會，是全體國人同胞對政府最大的期望。

要實現人民的理想，政府必須力行司法獨立，建構司法的現代性及進步性，同時嚴懲貪瀆不法，保障人民權利和人身的自由。

第四、提昇政府效能、加速重建工程：面對未來資訊化、全球化、民主化的新時代，政府各部門更應特別保持警戒，迅速掌握民意需求，揚棄保守推諉心理、檢討組織分工缺失，以提昇行政效能，強化臺灣的國際競爭力。

政府必須加速對於九二一大地震重建工程的推動，務必在三年半以內完成所有重建事項。在此，個人願意提出以「重建區」的名稱來取代災區，因為一時的受災，絕不是一世的落難。只要有信心，我們一定能夠協助「重建區」的同胞再站起來。

第五、推動人權立法、建立人權指標：個人願意重申，中華民國不能、也不會自外於世界人權的潮流，我們將遵守包括「世界人權宣言」、「公民與政治權利國際公約」，以及維也納世界人權會議宣言和行動綱領，將臺灣納入國際人權的體系。

政府也已經正式成立人權諮詢小組，未來將敦請立法院通過批准「國際人權法典」，使其國內法化，成爲正式「臺灣人權法典」。我們也將努力實現聯合國長期所推動的人權主張，在臺灣設立獨立運作的「國家人權委員會」，讓中華民國成爲二十一世紀人權的新指標。

第六、致力兩岸和解、實現永久和平：兩岸關係的解決攸關後代子孫福祉，絕非一蹴可幾。尤其在國人仍舊缺乏共識的情況下，更必須循序漸進。在跨黨派小組針對兩岸政策提出「三項認知、四項建議」之後，我們在凝聚國內共識的努力上獲致初步的成果。

未來政府將以此爲起點，以積極恢復兩岸對話。特別是在兩岸於今年加入「世界貿易組織」前後，政府將逐步檢討推動兩岸「三通」與經貿關係正常化，進而塑造永久和平與穩定的兩岸關係。

親愛的同胞，二十世紀給人類帶來最大的教訓莫過於戰爭的可怕、政治的對立、經濟的蕭條以及生態的危害。鑑往知來，二十一世紀的新價值，展現在追求世界和平、營造政治和解、創建經濟繁榮與落實生態保育等範疇。

中華民國所處的地理位置以及政經發展的成就業已證明，我們絕對無法自外於地球村的快速變遷。這是我們必須嚴謹面對的課題。因此，持續維持一個穩定和安全的大環境，我們才能夠擁有和平、繁榮的新未來。

臺灣是我們共同的母親，只要我們摒棄族群和地域的區別，相互包容，緊密團結，臺灣精神必得以發揚。讓我們共同努力，在二十一世紀，爲中華民國、爲兩千三百萬臺灣人民開創更光明璀燦的前程。

讓我們一起敬祝
中華民國國運昌隆！
海內外全體同胞新年快樂！

附件四

陳水扁「五一八電視錄影談話」全文

中華民國90年5月18日

親愛的國人同胞、各位鄉親父老，大家好：

上個星期，阿扁有機會和多位媒體的主管一起下鄉，實地參訪了各地重大的建設，也傾聽了許多寶貴的意見。從全球第一支幻象戰機聯隊的成軍，到離島醫療、觀光產業、水產養殖的突破；從南部水質改善、產業升級、高雄國際商港的整體規劃，到東部綠色觀光與生技產業的未來發展；在短短兩天的行程中，所有的媒體朋友都親身體驗到，不管是本島或離島，也不分東西南北，臺灣到處仍然充滿了生命力與競爭力，臺灣人民勤奮踏實、認眞打拼的精神，具體的呈現在我們面前。

兩天的行程當中，在澎湖技術學院參觀淡水龍蝦的養殖，讓阿扁印象特別深刻。我們看到養殖的水池裡面，有許多一截、一截中空的管子，解說人員告訴我們：龍蝦在成長的過程中，必須經過一次又一次的換殼，當舊的殼脫去、新的殼還沒有完全長硬之前，十分的脆弱，容易受到其他魚蝦的攻擊，所以要讓它們有庇護的所在，才能順利的換殼，長成更大的龍蝦。

回顧過去這一年，政黨輪替的過程也像換殼的蛻變一樣。不管是從五千年歷史的華人社會，或者半個世紀的臺灣發展來看，政權的和平轉移都是前所未有的第一次。不管是執政或者在野的人，都必須經過一段時間的轉型調整，才能學習如何扮演好自己的角色。我們必須承認，一年來朝野政黨的轉型都還沒有完全成功，導致民主蛻變的過程歷經新生的陣痛。儘管朝野政黨都應該更加努力，但是個人願意反躬自省，期許執政的人負起較大的責任，不僅要勇於蛻變、更要成功轉型。

半個世紀以來，臺灣政治、經濟、社會的發展也曾多次歷經換殼蛻變的階段，從依賴外援走向經濟自立、從威權戒嚴走向民主萌芽、從認同危機走向臺灣優先……這些過程都曾歷經換殼的陣痛和蛻變的考驗，其中難免也有挫折迷惘，但是一旦成功的渡過，國家便能邁入一個充滿希望的新階段。

過去這一年，國際社會和全球媒體如此熱絡的對臺灣抱持關注的目光，是因為臺灣兩千三百萬人民以無比的勇氣開啓了歷史的新頁。就像最新一期的TIME雜誌，對於臺灣這一年政黨輪替的過程再次做了詳細的報導，從全球的視野來看，臺灣的確面臨艱難的考驗，但是兩千三百萬人民所創造的政治、經濟和文化成就，已經在華人社會奠定了難以取代的地位。

親愛的國人同胞，我們實在沒有悲觀的理由。儘管我們同時要面對政治與經濟蛻變轉型的雙重挑戰，過去這一年，新政府在鞏固民主、穩定兩岸、破除積弊、拓展外交方面已經逐漸有了成績。面對全球經濟景氣的衰退、國內產業轉型的問題，仍然是當前我們最大的挑戰。阿扁深切的體認，各行各業的朋友在面臨低迷的景氣和失業的問題時，不會想要知道是新政府或舊政府造成的問題，更不想看到行政和立法兩院繼續紛紛擾擾。所以，我們除了要求行政院各部會提出對策，加速落實之外，未來半年也將陸續推出國家重大建設的中長期施政規劃。

從長遠來看，臺灣要面對低成長、高失業的景氣走向是一場必然要面對的戰爭，也不可能單靠行政部門獨自完成，必須結合朝野與民間的智慧，才有可能打贏。所以個人希望能夠在總統府設置一個超越政黨的「經濟發展諮詢委員會」，由本人親自主持，邀請朝野政黨、學界智庫、企業領袖、勞工朋友一起參與，爲國家經濟長期的發展貢獻智慧、對症下藥，進一步落實「臺灣優先」、「經濟優先」、「投資優先」的三大優先政策。

個人也深切的體會，唯有停止政治內耗的鬥爭，才有可能打贏經濟發展的戰爭。爲了讓政局能夠穩定、爲了讓僵局不再持續，我們一方面希望執政黨要堅持改革的理想，爭取廣大民意的支持，讓政黨輪替的工程能夠在新的國會進一步落實；另外一方面，我們也希望結合理念相同、支持改革的在野力量，形成國會的穩定多數，讓行政與立法的互動回歸理性，讓國家重大的政策可以順利推動。

過去一年朝野對立杯葛的僵局，已經讓民眾感到厭倦。新政府上任之初，原本勞資雙方與政府三贏的工時案，因爲政黨的杯葛，最後扭曲變形，變成三輸的局面，讓我們有很深的感觸和感慨。不管年底選後的結果如何，民眾都不希望看到這樣的戲碼繼續上演。所以，爲了國家的利益、爲了未來兩年半政局的穩定，我們願意敞開心胸、展開雙手，提出「理念結合、資源分享、臺灣優先、超越黨派」的結盟理念，尋求朝野合作的最大空間，不管選舉的結果如何，我們都將在選後籌組聯合政府及國會多數的執政聯盟，共同來改造國會、穩定政局。

國內面臨換殼的蛻變，兩岸關係又何嘗不是？半個世紀的國共恩怨因爲政黨輪替劃下句點，面對新的執政黨、新的國家領導人，對岸也需要一些調整適應的時間。回想去年三一八和五二〇之前，臺海兩岸的關係曾經高度緊張、詭譎不安，許多人也不看好新政府處理兩岸關係的能力，但是一年來，儘管對岸從來不願意讓新政府得分，但是我們從來沒有失分；儘管中共一再漠視阿扁的善意與誠意，寧可拉攏在野與民間人士，分化我們內部的團結，但是事實證明，我們不只有能力、更有智慧和創意來穩定增進兩岸的關係。最近國際情勢的發展也讓我們更有信心，因爲臺海的和平穩定，不僅是臺灣人民衷心的期望，更符合亞洲及全球的利益。

阿扁要呼籲國人同胞，我們要站穩自己的腳步，不應該隨著別人的雜音起舞。我們願意在民主、對等、和平的原則之下，隨時隨地與對岸展開協商和對話，不論什麼議題都可以談。去年南北韓領導人歷史性「握手的一刻」，爲世界和平增添了光輝的一頁。對於兩岸關係的發展，阿扁也有相同的使命感。今年適逢亞太經濟合作會議在大陸的上海舉行，基於APEC成員的權利和義務，個人今天要愼重表達親自前往參加的意願。除了經貿的議題之外，個人也願意就兩岸人民關心的其他議題，包括「三通」的問題，與江澤民先生進行直接的對話。希望對岸也能夠敞開心胸，勇於打開歷史的新格局，共同締造兩岸領導人「握手的一刻」。

過去這一年，阿扁時時刻刻都在思考：臺灣的價值、臺灣的精神和臺灣的未來。從地理的條件和人口的數量來看，臺灣不過是太平洋邊的蕞爾小島，全世界和我們面積相似、人口相當的國家不在少數，條件比我們好的更不知有多少。但是因爲臺灣人民的勤奮、樂觀包容的性格、以及教育水平的提昇，讓我們的國家一次又一次的蛻變，一次又一次吸引了全世界的目光。阿扁在接見外賓、接受國際媒體訪問的時候，曾經一再表示：臺灣因爲有偉大的人民，所以不再需要偉大的領袖，但是，我們一定有機會成爲偉大的國家！

親愛的國人同胞，一時的艱難不應減損我們的自信，短暫的挫折也絕不會磨損我們向上的意志。別人越不看好，我們越要做好！經過蛻變的過程之後，臺灣一定能夠創造更輝煌的成就，阿扁有信心，也希望國人同胞一起加油、一起努力！

附件五

陳水扁「新五不政策」

中華民國90年5月27日

第一、軍售、過境美國不是對中共的挑釁

陳水扁指出，在軍售與過境美國部分，美國是依據臺灣關係法出售武器給中華民國，美國政府的目的在保衛臺海安全及維護臺灣民主，俾使臺灣人民有信心可以與中共重啓協商大門。至於此次美方以「高規格」待遇讓他過境美國，這也是美國延續過去對我國領導人政策，提供舒適、安全、便利與尊嚴的待遇，陳總統說，他不認爲這些是代表對中共的挑釁。

第二、中華民國政府不會錯估、誤判兩岸情勢

陳水扁表示，中華民國政府很清楚臺灣在亞太地區戰略目標的優勢與劣勢，絕不會因爲美國軍售而錯估美國的兩岸政策、進而誤判兩岸的情勢。

第三、臺灣不是任何一個國家的棋子

陳水扁指出，中華民國是主權獨立國家，有獨立自主的國格、有自己尊嚴，他身爲國家領導人，必須維護國家的安全，「臺灣是下棋的人，而不是他國的附庸」。

第四、政府從來沒有放棄改善兩岸關係的誠意與努力

陳水扁表示，政府致力維護兩岸和平與繁榮的努力可以看得見，例如，同意前行政院長蕭萬長到大陸訪問，雖然蕭萬長受到卸任政務官的限制，但政府還是同意。

第五、兩岸關係不是零和關係

陳水扁表示，兩岸領導人都不應該有消滅對方的想法，兩岸可以競爭，但不能有戰爭，臺灣不希望大陸變的更壞，同時，希望大陸也要有臺灣愈來愈好的想法。

附件六

跨世紀中國政策白皮書

1999年11月15日

前言

臺灣與世界即將一齊邁入新的世紀。

新的世紀，新的臺灣總統，對臺灣負有使命，對世界也負有責任。

處在東西文明交界邊緣的臺灣，既承擔著文明衝突的摩擦與不安，也扮演著國際強權之間平衡的角色。新世紀的臺灣總統，既必須確保臺灣的安全、生存與發展，還必須領導臺灣、發揮這個以移民爲主體的社會所特有的活力、韌性與創造力，爲下一世紀人類追求更進步和諧的文明歷程，做出具體貢獻。

新總統對臺灣生存的使命和對世界的責任，正交會在他所領導的政府如何處理臺灣與中國的關係，這一嚴肅而艱難的議題之上。

兩國關係的艱難，在於現實上、本質上存在的衝突和矛盾。

我們希望臺灣與中國之間建立友好而善意的關係，但北京政權對臺灣的敵意與野心，卻使得雙方不得不進行零和遊戲對抗。

我們期待中國能跨越民主發展的障礙，成爲亞太地區溫和的巨人。但是北京政權的集權統治方式，卻使得雙方生活制度的差異越加擴大。

我們主張雙邊經貿關係應該互利共榮，但是卻一方面企圖追求中國市場所帶來的經濟利益，一方面憂心經濟交流中帶來國家安全的外部成本。

這些矛盾，其實是人類文明衝突的縮影。這些衝突，勢必將從這一世紀被帶入下一世紀。下一世紀臺灣總統最重要的使命與責任之一，正是透過他的中國政策，在這些衝突之中，尋求秩序的建立與穩定。

和平的臺灣海峽、共存共榮的兩岸、合作互助的亞太區域，正是臺灣對世界應該做出的允諾，也才是國家長治久安的基礎。

爲了營造這個基礎，民主進步黨認爲，以下一個世紀爲起點，推動臺灣與中國關係的全面正常化，正是跨世紀中國政策的主軸。在這個主軸下，臺灣必須更堅定於主權的維護和安全的保障，同時，也必須更積極於和中國之間的交往合作，甚至爲中國的進步提供協助貢獻。

這份以「臺、中關係正常化」爲主軸的民進黨跨世紀中國政策，就是在國家安全的前提之下，由「凝聚國家定位共識」、「建立穩定的互動機制」、「發展經貿合作關係」等具體主張構築而成。我們希望，臺灣未來國家領導人的中國政策，能堅持立場而又不至於保守頑固，能發揮創意而又不至於大膽跳躍，能本諸民意而又不至於空洞貧乏推卸責任。

在矛盾中追求和諧，在衝突中建立秩序。這正是臺灣位居亞太地區文明交會點上的使命，更是下一世紀臺灣新總統責無旁貸的任務！

凝聚國家定位共識

臺灣是一個主權獨立的國家，依目前憲法稱爲中華民國。

◎臺灣不是中華人民共和國的一部分。
◎臺灣與中華人民共和國，是兩個互不隸屬、互不統治、互不管轄的國家。
◎在不影響主權獨立與國家利益的前提下，基於相近的文化與血統根源，臺灣與中華人民共和國之間的關係，應比一般國家之間更爲特殊、更爲密切。
◎兩國關係的走向，以及任何改變現狀的決定應經臺灣人民同意。

現階段臺灣與中國關係的重大問題，一方面在於北京政權對臺灣採取具有領土野心的敵對政策，另一方面則在於面對北京政府的併吞攻勢，臺灣內部確立並維護主權完整的共識，卻未能完整的凝聚起來。建立國家定位的共識，將是我國擬定乃至執行任何政策的基礎工程。作爲國家領導人，必須充分發揮國民意見最終整合者的功能，站在國家利益優先的立場，充分體現民意，建立共識。

我們認爲，要凝聚國民在中國政策上的共識，首要在誠實面對國家的處境，誠實面對國際的現實，確立臺灣有別於中國大陸、事實上已經是一個主權獨立的國家。唯有如此，才能避免國家認同和國家安全陷入混亂危險的局面；也唯有如此，我們才有基礎討論臺灣前途如何決定、國家安全如何確保、臺灣與中國的關係如何安排、以及臺灣如何參與和貢獻國際社會。

臺灣具有所有作爲一個國家的條件，包括：土地── 臺澎金馬及其附屬島嶼、人民── 兩千兩百萬的人口、政府──一個經由民主選舉產生的權力分立政體、主權── 不隸屬任何外國、不受任何外國統治管轄的完整主權。即便我們的國家地位不被國際強權普遍承認，但是這並無損於國家已經存在的事實。歷次民意調查都顯示，我們是一個主權獨立國家，已是絕大多數人民的主張，幾乎沒有人願意接受北京政權的統治。持續懷疑國家主權的完整性，將造成極爲嚴重的自我矛盾，不但完全悖離民意，更會因此導致國際社會認爲我們自我矮化，咎由自取，使國際社會始終將臺海問題視爲中國內政，製造北京政權併吞我國的藉口與危機。

任何一個政府與政黨，都有義務誠實面對現實、反映民意，勇敢向國人和國際社會說明眞相，凸顯臺灣備受強權打壓的不合理事實，讓國際社會更瞭解兩岸分立分治的現狀：中華人民共和國自從一九四九年成立以來，從未和臺灣發生過政治關係，自然也無權參與決定臺灣的歸屬和前途。

在主權完整的共識基礎上，我們願意和中國，從現在雙邊對抗的狀態，走向關係正常化的道路，盡最大的努力與善意，尋求改善臺、中雙邊關係。

臺灣人民雖然追求自主，但臺灣與中國有歷史、文化及血緣上的長遠關係，確是事實。從地緣政治的角度來看，臺灣必須與中國共存，不能與中國長期對抗，從經濟發展的角度來看，臺灣也不能自外於中國市場。唯有與中國關係正常化，臺灣安全才有保障，臺灣經濟才能充份發展。以互利共榮作爲建構雙方關係的最高目標，我們應該以「兩個國家的特殊關係」界定臺灣海峽的現況。

「特殊關係」可能對現狀造成改變，而我們的立場是開放的。民主進步黨在一九九九年五月的「臺灣前途決議文」中曾經表示，「任何有關獨立現狀的更動，必須經由臺灣全體住民以公民投票的方式決定」，這就是說，只要經過臺灣全體人民同意，任何「特殊關係」都不應該事先排除，但是也都應該獲得多數人民的支持。

建立穩定的互動機制

臺灣與中國之間，既存在北京政府對我們的封鎖打壓，而導致對抗僵持的局面，又存在著雙方政治體制，一為專制集權一為民主多元的落差。我們認為，在現實的重大差異中，要建立穩定的秩序，唯一可行的方向，就是在「彼此尊重、增進互信」以及「降低歧見、縮小差異」的原則下，逐步架構各種良性互動的機制。

因此，民主進步黨認為，臺灣應該有足夠的智慧與胸襟，在短期之內，與北京政府就各項議題、從各種管道，進行對話與協商，以增進雙方理解、培養互信、降低歧見。就長期而言，更應該尋求與中國內部所有願意尊重臺灣主權完整的力量——包括：個人、組織與團體合作，共同促進中國政治環境的改善，縮小兩國在民主發展進程上的差距。是以，我們將由「積極展開對話與協商」、「協商對話議題全方位化」、「溝通管道多元化」、「協助中國政治民主化」等四項主張，架構出未來的雙邊互動機制。

一、積極展開對話與協商

◎臺灣應積極與中國展開對話與協商。
◎對話與協商協商的目標在於培養互信，進而達成兩岸關係的正常化。
◎國家主權不應成為談判標的。
◎所有的談判結果均應獲得國會或兩千兩百萬人民同意始具效力。

為了促進臺海和平，臺灣應該積極推動和中國全面性的對話與協商。

兩岸關係將在下一世紀進入全新的局面。臺灣不應再以舊式的思維面對中國促談的要求。我們對兩岸對話與協商的態度應由消極轉爲積極。對話與協商的目標在於藉由培養互信，實現兩岸關係正常化，以促進兩岸的和平與繁榮。我們的目標是與中國達成和解，而持續的、制度化的對話與協商是達成和解的必要步驟。只要國家主權與尊嚴能夠保障，我們應該盡一切力量，使兩岸的對話與協商得以展開。

二、議題的開放性

◎打破「事務性協商」和「政治性協商」的區隔，歡迎就任何議題進行對話與協商。
◎各項雙邊經貿事宜、軍事信心建立措施、和平條約等議題，均可以納入協商談判範疇。
◎因交流而衍生攸關雙方人民權益的事項，應該優先進行協商談判。

進入下一世紀後，兩岸的政治互動也將進入新的階段。我們應該以全新的視野展開新一輪的協商。新一輪的對話不一定要從「辜汪會談」重新開始，談判的內容也不需要接續「辜汪會談」未完的議題。

在經貿事務方面，關於空運和海運這一經濟議題，爲促進臺灣成爲亞太營運中心，便利臺商與外商經理人員往返，我們認爲可以與中國展開相關航權談判。在海運方面，我們應要求中方依照比例互惠原則，在我方開放高雄、基隆二大港口後，中方應對等全面開放諸如廣州、大連、上海、青島、天津等所有國際港口。以雙方直航、權宜輪先行爲原則。在空運方面，我們認爲關於航空客運往來，依據我方負責航線經營，利潤雙方共享的原則，與中國進行談判，是一個可以考慮提出的議題。我們將要求在兩岸通航談判中，首先保障國家安全，其次保障雙方互惠。我們希望短期內能實現雙方基於世界貿易原則下的雙方正常海空往來，在長期促使臺灣海峽成爲各國海運、空運業的重要市場，一個開放競爭的、有利於包括兩岸在內的世界各國商業發展的重要輻輳之地。

關於雙邊投資保障的議題，在雙方即將加入世界貿易組織之際，我們認爲未來雙方的投資、貿易、人員往來都將從目前的單向，逐漸朝雙向演變。我們一方面希望中國體認上述事實，另方面要求雙方就簽訂投資保障協定、互設貿易代辦機構，以及就雙方投資保障立法進行磋商。因此，短期內我們要達成與中國基於世界貿易組織會員平等性，簽訂雙方投資保障協定，中期要求中國開放臺灣在中國設立貿易代辦處，我國則願意在對等互惠的前提下，開放中國在臺設立貿易代辦機構。

在軍事信心建立措施方面，兩岸軍事衝突的風險，除了因爲雙方在國家定位上的根本歧異而促成一方對另一方蓄意的軍事行動之外，還存在「誤判」及「錯估」的風險。臺灣與中國在空間上距離太近，發生摩擦的機會極高。在雙方互不信任的狀況下，偶然或意外有可能被理解成蓄意的行動，進而升高爲全面性的衝突。爲了避免雙方都不願意見到的情況，臺灣與中國應盡早就「信心建立措施」展開協商。

「信心建立措施」不能保證不發生戰爭，它只能降低「無意間發生戰爭」的風險。然而，在「信心建立措施」的協商和實踐過程中，卻可以培養善意，促進對和平解決衝突的共識。

信心建立措施的內容如下：

◎透明化措施。包括：軍事演習及部隊調動的公開、軍事資訊的公開及交換、觀察員派遣、軍事研發成果的公開、軍購及軍售訊息的公開。
◎聯繫措施。包括：建立熱線、軍事人員互訪、彼此共同參與國際性質的研討會、交換軍事學員、共同參與國際組織中的類似部門等。
◎海上安全措施。包括：海上急難救助、漁事糾紛處理、海上犯罪搜捕等。
◎限制措施。設立緩衝區，商定臺海中線遭遇行動準則。

我們承認，就雙方目前交往的現況，要談建立全面、具體性的CBM，仍有許多障礙必須克服。但如海上安全合作及透明化措施，其實難度相對較小，因爲CBM的功能是透過對話合作大幅降低戰爭的可能性，代表的是對於人命安全的重視，符合普世的一般價值；所以我們認爲先就對兩岸政治現狀挑戰及衝擊較有限的議題，作爲談判的主要議題及標的，是較爲務實的作法。

達成兩岸就軍事安全議題進行對話，首先要強化我方對國防戰略及安全議題的文職研究隊伍陣容，一方面提供不同於軍方的另類廣泛思考，也可避免軍方的本位主義，更重要的是以平民身份參與討論而非軍職人員，較容易符合目前海基、海協兩會的討論氣氛。

在雙方就和平協定進行對話方面，我們認爲在臺灣與中國對終局關係達成共識之前，可以建立一個「過渡性對話架構」來改善雙方的互動關係，雙方可以就簽訂和平協定的可行性，進行長期對話。我們認爲，關於和平協定，應有如下的內容，臺灣方面應該就以下原則，尋求與中國建立共識：

◎依據聯合國合國憲章和平解決爭端，不以武力互相威脅。
◎雙方現存疆界不可侵犯，互相保證完全尊重對方的領土完整。
◎任何一方不得在國際上代表他方，或以自己的名義採取行動。
◎雙方交換常駐代表團。

要簽定這樣的協定當然困難重重，然而就此一議題展開對話卻是必須的，這些困難也不是臺灣與中國獨有的。東西德在簽定「基礎條約」之前，也曾經過冗長的談判，在簽署有關郵電、無線電通路、貨物過境收發、旅行往來之簡便措施、鐵路交通、事故賠償等十多項協定後，雙方才累積出經驗和互信。

在因雙邊交流而衍生的攸關人民權益事項方面，則包括：商務仲裁協定、司法協助以及共同打擊犯罪等議題，應該列為雙方重啓協商的優先議題。

三、溝通管道的多元化

◎為增加溝通，建立互信，積極與中國內部各種組織與團體進行對話。

◎正式協商談判必須由政府主導。

◎推動雙方正式協商管道，從兩會體制邁向官方參與。

◎以第二軌道強化雙邊對話機能。

在對話的夥伴方面，我們認為，下一世紀的中國，若能朝向良性的方向變化，必將走上政治與社會多元化的局面。臺灣與中國之間的對話，不能設限於現行北京政權控制下的機構與人員。為了雙邊關係正常化的長遠目標，我們應該提昇廣大中國人民對臺灣的正確理解，更應該在中國社會逐步多元化的過程中，爭取任何尊重臺灣的力量。

因此，積極與中國內部各種組織與團體進行對話，必須成爲未來溝通管道中重要的一環。

在正式談判方面，目前，海基會和海協會是兩岸唯一管道。我們認爲，正式談判結果涉及公權力的落實，必須由政府主導，以政府或獲得政府授權的機構爲唯一的談判單位。目前以海峽兩會爲談判對口的民間授權形式，在協商議題全方位化之後的未來，必須逐步增加官方人員的參與，從而過渡到以雙方官方單位對等談判的新階段，以保證談判結果透過公權力予以執行的效力。

此外，我們主張以「第二軌道」來加強兩岸的溝通。

「第二軌道」（Track II Diplomacy）是學者專家或以私人身分參與的官員，所組成的對話溝通管道。藉著非正式的討論探測彼此的立場，從中尋求解決方案。當「第一軌道」的正式外交關係陷入僵局時，「第二軌道」就可以發揮作用。

與其消極抵制，不如積極參與；與其坐等受邀，不如主動邀請。我們應該主動架設各式各樣的二軌會談，讓兩岸乃至亞太地區關心臺海局勢的國家不管是官員或學者有直接溝通的機會。具體地說，由我方主動舉辦的會談應具有下列幾項特性：

◎由政府支持，並指定由民間單位定期舉行。

◎參與者應具專業性，且對政府或各政黨之決策具實質影響力。

◎對於不同的議題，應設置不同種類的溝通機制，如針對經貿議題，可設置「兩岸經貿論壇」；針對安全議題，可設置「兩岸安全論壇」；針對偷渡、走私、犯罪等問題，可設置「兩岸司法合作論壇」；針對兩岸未來走向的問題，也可設置「兩岸國家定位論壇」，讓雙方各抒己見。

除了我方舉辦的會談以外，也應該積極參與各種現有的對話管道。對於美方舉辦的會談如「美中關係全國委員會」、「美國議會」、「美國外交政策全國委員會」等，我方應審慎評估討論議題、參與人選、欲傳達之訊息等，亦應爭取將雙邊會談的形式改爲三方甚至多方會談，以避免訊息扭曲及相互猜忌。此外，亦應爭取加入「亞太安全合作理事會」（CSCAP）和「東協區域論壇」（ARF）等國際安全論壇。

四、鼓勵中國政治民主化

◎民主化不一定是一個自動的過程，若有經驗的提供與協助，將能讓民主的進程更爲穩健。

◎臺灣在促進中國民主化的過程中應該扮演積極的角色。

◎協助中國民主化，是臺灣基於民主國家對於其他國家發展民主的關懷，以及自身地緣戰略利益的考量下所做出的決定。

穩定的兩岸關係，固然可以用協商和溝通管道的多元性來創造，然而，兩岸的根本矛盾，在於一邊是自由民主的國家，一邊依然是一黨專政的國家，如果這個矛盾繼續存在，兩岸關係的穩定就只能是暫時的。要創造長期穩定的兩岸關係，臺灣就必須幫助中國走向民主化的道路。臺灣應該關心中國的民主化，一方面是因爲我們堅信人權與民主是普世的價値，享受幸福的人應該關心未得到幸福的人。另一方面則是爲了臺灣本身：只要臺灣身旁依然有一個專制巨人存在，臺灣就永遠得不到安全。中國的民主化不僅是爲了中國人民的幸福，也是爲了臺灣人民的幸福。

可能對中國民主發展提供助益的，當然包括西方國家、國際組織，還有海外的中國民運組織。但臺灣的角色也舉足輕重。同樣屬於受華人文化影響的國家，臺灣已經擁有相當成熟的民主制度。臺灣經驗證明了，「東方專制主義」不是華人必得忍受的宿命。只要臺灣存在，中國就難以用「文化相對性」爲藉口來拒絕普世的價値觀。

民主進步黨是受華人文化影響的國家中，唯一推動民主化成功的政黨，關於如何改變集權體制，民進黨的經驗相當豐富。我們願意與中國國內任何致力追求民主的人士與團體共同合作，促進中國政治體制的轉型。現階段，臺灣可以推行以下政策：

◎邀請中國學界及官方人士來臺觀察選舉。

◎設立研究獎金或獎學金，資助中國學界對民主化過程的研究。

◎擴大與中國各黨派，包括中國共產黨、八個民主黨派以及現在和未來中國各種推動民主運動的團體之間的交流。

◎建立中國海外民主運動人士良好的互動關係。

◎對中國正在實行的基層選舉提供協助，包括代訓選務人員、提供電腦計票系統等等。

發展經貿合作關係

在推動臺灣與中國關係全面正常化的目標下，我們願意對兩岸經貿關係採取更開放的態度，也希望北京政府，能從兩岸共榮共利著眼，不要再爲了主權之爭妨礙雙邊關係的發展。如果北京政府一味漠視臺灣的善意，仍然不放棄對臺灣的敵意和使用武力，所有的積極政策，都將無法推動，所有的善意，也都將難以持續。

爲了具體落實本黨「強本西進」的共識，未來的兩岸經貿政策應該依循以下幾項原則：

第一、兩岸經貿關係必須兼顧國家安全與經濟利益。

第二、臺灣需要一套完整的經濟安全發展戰略，以積極管理取代臨時性、消極性的政策。

第三、我們願意就任何議題，包括兩岸經貿問題，與中國展開協商。雙方在談判的過程中都應該要以高度的善意，共同發揮智慧與創意。

◎兩岸經貿關係，並不是只有戒急用忍或大膽西進可供選擇。
◎強化經濟體質是兩岸經貿關係的根本。
◎應該建構經濟安全發展戰略，兼顧積極性與防禦性政策。
◎善意與創意才能創造兩岸經濟繁榮

臺灣與中國的經貿關係，向來是政府兩岸政策中最有爭議的一項。長期以來，國內經常陷入「嚴厲禁止」與「全面開放」二者選一的迷思中。認爲不是戒急用忍，就是大膽西進。這樣子處理兩岸經貿問題的方式，過度的簡化了兩岸經濟議題的複雜性，其實是相當錯誤的。問題的癥結在於，在兩岸經貿關係中，「安全風險」及「經濟利益」同時存在。

在經濟利益上，臺灣與中國的經貿關係已經是臺灣經濟發展重要的一部分。

然而，在肯定兩岸經貿關係的經濟效益之時，也絕對要考慮國家安全的風險。

傳統觀點把兩岸經貿和臺灣安全對立起來，認爲是互斥關係。當前政府對兩岸直接通航、貿易和投資的限制，就是基於這種想法，但這些措施將越來越受到挑戰。

以禁止赴中國投資的措施所建立起來的消極性政策，在制訂當初，或許有其特定時空環境下的需要，並且在短期間之內發揮一定的功能，但是卻很難成爲治本之道，充其量只能爲促進經濟體質健全的積極性政策，爭取更充裕的時間而已。然而執政黨一貫的毛病是，經常在有了臨時性措施之後，就忘了要做長期性的改善工作。因此我們主張，應該積極提昇我國的經濟能力，讓北京政府更難以採取經濟手段作爲威脅我們的工具。在積極性政策得以落實而有所成效、我們的經濟體質更加健康時，目前消極禁止的政策，就可以逐步調整了。

兩岸加入WTO之後，現行對中國的經貿限制措施也可能會受到影響。第一，我國要求中國產品必須經過第三地始可進入，是否違反WTO「一般最惠國待遇」的義務，將有所爭議；第二，除非證明中國產品對我國造成傾銷或對我國國家安全造成重大危害，否則現行對中國進口貨物採「負面表列」的作法，與WTO自由貿易的精神不盡吻合；第三，根據WTO「服務貿易總協定」（GATS），臺灣除非與中國達成協議，在例外清單中有所保留，則應對中國的服務及服務供應者給予「最惠國待遇」及「國民待遇」，對中資來臺及中國企業人員來臺，加以限制將會較爲困難；第四，雖然WTO並未規定兩岸航空器直航的問題，但航空客運有助臺灣發展區域營運中心，降低人員往來的成本。

我們認爲，要解決兩岸經貿的問題，就不能把「國家安全」和「經濟利益」對立起來。我們主張以「經濟安全發展戰略」來兼顧這兩大目標。

「經濟安全發展戰略」的根本目的，是要確保經濟資源（包括資金來源和市場）的管道暢通，使人民生存的基本經濟條件不受威脅。「經濟安全發展戰略」除了要保護領土完整及主權獨立外，還包括透過經濟繁榮與成長，使國家發展的方向與所需條件不受威脅。有形的基本物質條件、無形的國家認同和國家體制，皆在安全考慮之內。

強大的經濟力量是臺灣安全的根本支柱。「經濟安全發展戰略」的根本原則是，與其消極管制，不如積極管理；與其對抗市場，不如因勢利導，以擴大市場、加強市場本身的力量來對抗風險。準此，「經濟安全發展戰略」分爲積極措施和防禦措施，前者以擴大自身經濟實力的方式來降低風險，積累國民財富和外匯存底，避免財政赤字和失業問題，以經濟實力和高度生活水平來鞏固國家的凝聚性、政權合法性及國際地位；後者則以制度化、系統化的監控來降低風險，以預警指標系統、監控、追蹤等方式，維持原料市場、勞動市場、出口市場、金融市場和證券市場的穩定。

具體地說，我們應該採取下列措施：

一、積極性措施

（一）加強與先進國家的經濟整合

從「比較利益」的觀點，先進和開發中國家都值得合作，但與先進國家合作較能取得技術且較不易造成所得分配惡化，故值得優先鼓勵，對開發中國家的合作則宜採保留態度。

1.我國與美國、日本的貿易關係，應該超越WTO既有的最惠國待遇層次，逐步邁向雙方關稅全免，創造利於各項產品流通的環境。

2.對於與先進國家合作投資的產業，給予融資、貸款利率及其他優惠，並由政府主動提供資訊和技術上的輔導與協助。

3.對於與發展中國家——特別是中國——合作投資的產業，應以在國內無法發展和必然沒落的產業爲主。政府不需加以限制，也不需特別鼓勵。

(二) 著重發展高技術、創新性的產業

只要臺灣自身產業的發展與升級順利，就不需要擔心「產業外移」與「產業空洞化」。只要臺灣廠商能掌握關鍵技術，在產品設計上、製造技術上保持和中國的差距，就不用擔心臺灣經濟會被中國吸納。產業升級是臺灣的根本出路，著重發展高技術、創新性的產業，是解決兩岸經貿風險問題的根本之道。

1.大幅提昇人力資本的素質，根據先進國家標準，把同年齡層受大專教育比例提高到百分之四十以上。

2.鼓勵研究發展，加強保護智慧財產權，專利權採報備

制。

3.簡化高科技公司上市上櫃標準，開放報備股票制度以方便新興產業取得資金。

4.鼓勵開放研究室及其他技術服務業，以使中小企業有機會投入高科技產業。

5.鼓勵大學研究室和企業的合作與交流。

6.政府除了應該擴大既有的勞工職訓教育之外，更應該輔導和補助私人企業加強職業訓練。

7.政府應該對企業採取功能性獎勵措施，貼補企業進行技術研究、產品開發、人才培訓等活動，獎勵措施一體適用所有產業。

(三) 展開兩岸航運談判，降低企業營運成本，吸引跨國企業來臺

雖然WTO對航權問題沒有硬性規定，但為了降低企業營運成本，吸引跨國企業來臺投資，以臺灣為經營整個亞洲市場的運籌中心，我們可以在國家安全與對等互惠的前提下，呼籲中方就航運議題與我方展開協商。我們可以提出一些有創意的構想，例如：

在海運方面，我們可以與中方協商，要求中方依照比例互惠原則，在我方開放高雄、基隆二大港口後，中方應對等全面開放諸如廣州、大連、上海、青島、天津等所有國際港口。以雙方直航、權宜輪先行為原則。

在空運方面，雙方可以討論的議題是，兩岸空運航線由臺灣方面的航空公司負責經營，利潤則由臺、中雙方共享。航空客運有助臺灣發展區域營運中心，降低往來中國經商旅遊的成本。

二、防禦性措施

（一）分散出口市場，降低對中國市場的依賴程度

目前，臺灣有18%的貨品出口到中國市場，對中貿易佔我國貿易順差額的266%。如果增長速度不變，到二〇〇五年時，臺灣對中國市場的依賴度將會高達26%，貿易順差的比例更將達到300%。相對的，中國對臺灣市場的依賴度不到2.5%，對臺灣也一直是逆差。一旦雙方發生衝突，臺灣所受的傷害絕對遠高於中國。爲了避免風險，應採取如下措施：

1.建立各產品對中國出口存依度預警系統。總出口依存度之預警線爲15-20%，個別產品出口依存度依產品性質決定。
2.對出口到其他國家的產品給予融資優惠、簡化報關手續及減低手續費率等優惠，以分散出口市場。
3.發展高附加價值的產業，強化國際行銷能力，讓臺灣的產品有能力行銷到先進國家。
4.改變輸入中國市場的產品結構。目前我國出口至中國市場的產品，以零配件、工業原料等容易被其他國家

替代的產品爲主，未來應該提昇產品的技術層次，反向造成中國對我方的技術依賴，提高中國對我進行貿易戰爭的成本。

(二) 妥善因應中資來臺問題

擴大市場規模，降低單一資本來源的影響力。

香港資本市場之所以容易被中資控制，正是因爲市場規模不大。九五年底，香港上市股份市值約爲三千億美元，與臺灣目前股市規模相近，而中資佔有其中20%。臺灣應該致力擴大市場規模，避免步入香港的後塵。在資本來源多元化，國內資本充裕化的情況下，中資對臺灣的影響可以降到最低。爲了達成這個目標，應採取下列措施：

1.降低外人來臺投資的比例限制。

(1) 加快釋出官股，加速公營事業民營化的步伐，使民間及外資有更多投資的機會，避免陷入黨營事業或少數人壟斷的局面。

(2) 降低上市資本額及營業額的限制，讓更多企業上市擴大股市規模。

(3) 降低企業現金增資條件高門檻的規定，讓企業透過現金增資提高自有資本比率。

2.強化對來臺中資的稽查 。目前對於中資來臺，有證管會，陸委會，經濟部（投審會、商業司、國貿局），交通部、中央銀行外匯局等機關控管。但事實上，各執行機構在相互配合的預警、審查、監控、管制的制度尚未完善，且尚有漏洞。這些漏洞包括：

第一，各機構獨立執行各自的業務，少有對中資的來臺投資做主動聯合審查、監控、管制的動作。

第二，各機構被動的執行無法主動的執行。例如，外國公司申請來臺成立分公司，中資的持股比例不能超過20%，經濟部的商業司會依此規定辦理。但問題是當設立分公司通過後，中資增加其持股比例到50%以上，則商業司目前無主動監控、管制的機制。

第三，目前對中資由香港、澳門來臺的控制是較嚴且有效率，但對經由美國、加拿大、澳大利亞來的資金，則審查較寬。

3.未來應採取如下措施：對於來臺中資的審查，應由目前「針對資本比例上限」的管制方式，改為「針對資本屬性」和「針對投資項目」的管制方式。這就是說，中資來臺應保留政府得以進行審查的彈性權限。所謂「針對投資項目」，是援用WTO有關「安全條款」或「特別防禦條款」的規定，限制中資介入以下幾種產業：

(1) 容易形成自然壟斷性質的產業，例如，電信、電力、鐵路等基礎建設。
(2) 對臺灣社會容易製造廣泛影響及意見取向的產業，例如，經營電視、廣播、報紙等傳播媒體。
(3) 在我國產業結構中具有關鍵領先功能的科技產業，例如，半導體業。
(4) 容易影響經濟秩序穩定或製造波動的產業，例如，金融業、證券業。

建立外資來臺的「資本最終所有人申報制度」，由與兩岸經貿、投資有關的相關機構，例如證管會、陸委會、經濟部（投審會、商業司、國貿局）、中央銀行，應共同建立一套可對中資來臺或臺資出去的申報、審查、監控和追蹤的制度。除了針對特殊個案加以監控外，亦應建立定期抽查制度，避免中資以匿名、借殼、改換所有權人等方式逃避監督。

對中國企業人員來臺採一般准許，例外禁止的方式。但陸委會、海基會、調查局、國安局等相關單位，應加強稽核來臺人員之背景資料，規定中方人員來臺後應定期向有關單位報告其行蹤。

結語

展望未來，透過以上各項具體政策的努力，推動臺灣與中國關係全面正常化，是我們的期待。但是，來自中國對臺灣的敵意，則是當前造成國家安全與生存威脅的現實。如何應付來自中國的挑戰，是臺灣各政黨的主要任務。

民主進步黨認為，臺灣安全有四大支柱：

一、明確的國家定位。
二、穩定的兩岸關係。
三、強大的國防力量。
四、穩固的經濟發展。

四大支柱對臺灣安全缺一不可。國家定位是一切行動的根本；國防力量是國家安全的直接保障；經濟發展維持了政治、社會以及民心士氣的穩定；和諧的兩岸關係則是則是臺灣政治、經濟、社會穩定發展的外部條件。

四大支柱是不可分割和交互影響的。明確的國家定位界定了國家利益所在，國防和外交戰略因而得以展開；國防力量需要經濟力量的支撐，經濟發展則需要國防力量的保障；臺灣經濟受臺中經貿關係影響甚鉅，而經貿關係又取決於兩岸關係和諧與否的大環境。

民主進步黨認為，正確的中國政策，必須兼顧這四大支柱，並理解和掌握其間的因果關係。唯有掌握兼而並蓄、多元並進的原則，臺灣的安全方能得到保障，也才能在二十一世紀善盡作為世界公民的義務。

附件七

國家統一綱領

民國八十年二月二十三日國家統一委員會第三次會議通過

民國八十年三月十四日行政院第二二二三次會議通過

壹、前言

中國的統一，在謀求國家的富強與民族長遠的發展，也是海內外中國人共同的願望。海峽兩岸應在理性、和平、對等、互惠的前提下，經過適當時期的坦誠交流、合作、協商，建立民主、自由、均富的共識，共同重建一個統一的中國。基此認識，特制訂本綱領，務期海內外全體中國人同心協力，共圖貫徹。

貳、目標

建立民主、自由、均富的中國。

參、原則

一、大陸與臺灣均是中國的領土，促成國家的統一，應是中國人共同的責任。

二、中國的統一，應以全民的福祉爲依歸，而不是黨派之爭。

三、中國的統一，應以發揚中華文化，維護人性尊嚴，保障基本人權，實踐民主法治爲宗旨。

四、中國的統一，其時機與方式，首應尊重臺灣地區人民的權益並維護其安全與福祉，在理性、和平、對等、互惠的原則下，分階段逐步達成。

肆、進程

一、近程—交流互惠階段

（一）以交流促進瞭解，以互惠化解敵意；在交流中不危及對方的安全與安定，在互惠中不否定對方爲政治實體，以建立良性互動關係。

（二）建立兩岸交流秩序，制訂交流規範，設立中介機構，以維護兩岸人民權益；逐步放寬各項限制，擴大兩岸民間交流，以促進雙方社會繁榮。

（三）在國家統一的目標下，爲增進兩岸人民福祉：大陸地區應積極推動經濟改革，逐步開放輿論，實行民主法治；臺灣地區則應加速憲政改革，推動國家建設，建立均富社會。

（四）兩岸應摒除敵對狀態，並在一個中國的原則下，以和平方式解決一切爭端，在國際間相互尊重，互不排斥，以利進入互信合作階段。

二、中程—互信合作階段

（一）兩岸應建立對等的官方溝通管道。

（二）開放兩岸直接通郵、通航、通商，共同開發大陸東南沿海地區，並逐步向其他地區推展，以縮短兩岸人民生活差距。

（三）兩岸應協力互助，參加國際組織與活動。

（四）推動兩岸高層人士互訪，以創造協商統一的有利條件。

三、遠程─協商統一階段

成立兩岸統一協商機構，依據兩岸人民意願，秉持政治民主、經濟自由、社會公平及軍隊國家化的原則，共商統一大業，研訂憲政體制，以建立民主、自由、均富的中國。

附件八

關於「一個中國」的涵義

一九九二年八月一日

國家統一委員會第八次會議通過

一、海峽兩岸均堅持「一個中國」之原則，但雙方所賦予之涵義有所不同。中共當局認爲「一個中國」即爲「中華人民共和國」，將來統一以後，臺灣將成爲其轄下的一個「特別行政區」。我方則認爲「一個中國」應指一九一二年成立迄今之中華民國，其主權及於整個中國，但目前之治權，則僅及於臺澎金馬。臺灣固爲中國之一部分，但大陸亦爲中國之一部分。

二、民國三十八年（公元一九四九年）起，中國處於暫時分裂之狀態，由兩個政治實體，分治海峽兩岸，乃爲客觀之事實，任何謀求統一之主張，不能忽視此一事實之存在。

三、中華民國政府爲求民族之發展、國家之富強與人民之福祉，已訂定「國家統一綱領」，積極謀取共識，開展統一步伐；深盼大陸當局，亦能實事求是，以務實的態度捐棄成見，共同合作，爲建立自由民主均富的一個中國而貢獻智慧與力量。

附件九

中華民國總統李登輝一九九五年四月八日國統會上談話（俗稱李六條）

一九九五年四月八日

今天是國家統一委員會改組後的第一次會議，我們聽取了行政院大陸委員會和國家安全局的報告，同時也進行了熱烈的討論。各位基於對國家統一問題的高度關注，所發表的意見，非常重要，本人將請有關單位作進一步研究非常感謝大家！

民國七十九年五月二十日，登輝在中華民國第八任總統宣誓就職典禮的致詞中，曾明確指出「當此全人類都在祈求和平、謀求和解的時刻，所有中國人也應共謀以和平與民主的方式，達成國家統一的共同目標」；爲了「匯集國人的智慧，發揮我們的特長，以積極務實的作爲，掌握民心的歸趨，主導兩岸關係的發展，早日達成國家統一的目標」，十月七日成立國家統一委員會。國家統一委員會於八十年二月二十三日通過國家統一綱領，具體說明了中華民國追求自由、民主、均富、統一的信念與進程。八十年四月三十日，本人宣告終止動員戡亂時期，更實際展現了我們開創和平統一的誠意。

「國家統一綱領」中列舉了四項原則，第一，大陸與臺灣均是中國的領土，促成國家的統一，應是中國人共同的責任。第二，中國的統一，應以全民的福祉爲依歸，而不是黨派之爭。第三，中國的統一，應以發揚中華文化，維護人性尊嚴，保障基本人權，實踐民主法治爲宗旨。這三項，相信是全體中國人，包括兩岸有責任感的政黨所不能否定的。

然而，由於四十多年來，海峽兩岸不同制度、不同條件形成的發展差距，我們爲了對臺澎金馬的兩千一百萬同胞負責任，同時也爲維護中國人在臺灣所締造的可貴經驗，分潤全中華民族，所以，國家統一綱領又列舉了第四項原則：中國的統一，其時機與方式，首應尊重臺灣地區人民的權益並維護其安全與福祉，在理性、和平、對等、互惠的原則下，分階段逐步達成。

近年來，海峽兩岸民間往來日益頻繁，各項交流不斷發展擴大，兩岸人民跨越長期的隔絕，逐漸增進彼此的瞭解；而辜汪會談及兩岸事務性商談，標誌著兩岸關係走入協商的時代。兩岸關係的發展開啓了全中華民族重新融合的新頁，是令人珍惜的歷史進程。但是，由於大陸當局未能正視中華民國政府已存在八十四年，並持續擁有對臺澎金馬主權與治權的事實，處處否定、排擠我們在國際上應有的發展與地位，致使和平統一的步伐停滯不前。

不容諱言，兩岸分離對峙四十餘年，累積的敵意與誤解自難立即消弭。然而，面對新的情勢，兩岸都必須以新的體認，採取務實的作爲，促成眞正的和諧，才能塑造中國再統一的有利氣候與形勢。因此，針對現階段的情勢，爲建立兩岸正常關係，我們提出以下的主張：

一、在兩岸分治的現實上追求中國統一

民國三十八年以來，臺灣與大陸分別由兩個互不隸屬的政治實體治理，形成了海峽兩岸分裂分治的局面，也才有國家統一的問題。因此，要解決統一問題，就不能不實事求是，尊重歷史，在兩岸分治的現實上探尋國家統一的可行方式。只有客觀對待這個現實，兩岸才能對於「一個中國」的意涵，儘快獲得較多共識。

二、以中華文化為基礎，加強兩岸交流

博大精深的中華文化，是全體中國人的共同驕傲和精神支柱。我們歷年來以維護及發揚固有文化爲職志，也主張以文化作爲兩岸交流的基礎，提昇共存共榮的民族情感，培養相互珍惜的兄弟情懷。在浩瀚的文化領域裡，兩岸應加強各項交流的廣度與深度，並進一步推動資訊、學術、科技、體育等各方面的交流與合作。

三、增進兩岸經貿往來，發展互利互補關係

面對全球致力發展經濟的潮流，中國人必須互補互利，分享經驗。臺灣的經濟發展要把大陸列爲腹地，而大陸的經濟發展則應以臺灣作爲借鑑。我們願意提供技術與經驗，協助改善大陸農業，造福廣大農民；同時也要以既有的投資與貿易爲基礎，繼續協助大陸繁榮經濟，提昇生

活水準。至於兩岸商務與航運往來，由於涉及的問題相當複雜，有關部門必須多方探討，預作規劃。在時機與條件成熟時，兩岸人士並可就此進行溝通，以便透徹瞭解問題和交換意見。

四、兩岸平等參與國際組織，雙方領導人藉此自然見面

本人曾經多次表示，兩岸領導人在國際場合自然見面，可以緩和兩岸的政治對立，營造和諧的交往氣氛。目前，兩岸共同參與若干重要的國際經濟及體育組織，雙方領導人若能藉出席會議之便自然見面，必然有助於化解兩岸的敵意，培養彼此的互信，為未來的共商合作奠定基礎。我們相信，兩岸平等參與國際組織的情形愈多，愈有利於雙方關係發展及和平統一進程，並且可以向世人展現兩岸中國人不受政治分歧影響，仍能攜手共為國際社會奉獻的氣度，創造中華民族揚眉吐氣的新時代。

五、兩岸均應堅持以和平方式解決一切爭端

炎黃子孫須先互示眞誠，不再骨肉相殘。我們不願看到中國人再受內戰之苦，希望化干戈為玉帛。因此，於民國八十年宣布終止動員戡亂，確認兩岸分治的事實，不再對大陸使用武力。遺憾的是，四年來，中共當局一直未能宣布放棄對臺澎金馬使用武力，致使敵對狀態持續至今我

們認爲，大陸當局應表現善意，聲明放棄對臺澎金馬使用武力，不再做出任何引人疑慮的軍事行動，從而爲兩岸正式談判結束敵對狀態奠定基礎。本人必須強調，以所謂「臺獨勢力」或「外國干預」作爲拒不承諾放棄對臺用武的理由，是對中華民國立國精神與政策的漠視和歪曲，只會加深兩岸猜忌，阻撓互信；兩岸正式談判結束敵對狀態的成熟度，需要雙方共同用眞心誠意來培養醞釀。目前，我們將由政府有關部門，針對結束敵對狀態的相關議題進行研究規劃，當中共正式宣布放棄對臺澎金馬使用武力後，即在最適當的時機，就雙方如何舉行結束敵對狀態的談判，進行預備性協商。

六、兩岸共同維護港澳繁榮，促進港澳民主

香港和澳門是中國固有領土，港澳居民是我們的骨肉兄弟，一九九七年後的香港和一九九九年後的澳門情勢，是我們密切關心的問題。中華民國政府一再聲明，將繼續維持與港澳的正常聯繫，進一步參與港澳事務，積極服務港澳同胞。維持經濟的繁榮與自由民主的生活方式，是港澳居民的願望，也受到海外華人和世界各國的關注，更是海峽兩岸無可旁貸的責任。我們希望大陸當局積極回應港澳居民的要求，集合兩岸之力，與港澳人士共同規劃維護港澳繁榮與安定。

近百年來，中國歷經重重苦難，始終未能建立自由富

裕的現代化社會。五十年前抗戰勝利，雖然結束了外力入侵，重現希望的曙光，然而兩岸又告分離。四十餘年來，中華民國秉承孫中山先生遺志，致力推動民生建設，在經濟上創造了全球肯定的「臺灣經驗」；近年又積極從事憲政改革，實踐主權在民的民主理念。這一切作爲，都在爲中華民族的未來奠定基礎。儘管兩岸長期分隔，但我們向來珍惜與大陸同胞的手足之情，時時以全中國人民的福祉爲念。而未來，我們也將繼續發揮相互扶持的同胞愛，協助大陸地區在穩定的局勢中，謀求進一步的發展。我們希望大陸的經濟日益繁榮，政治走向民主，讓十二億同胞享有自由富裕的生活。本人堅定地相信，在國際局勢日趨緩和的今天，兩岸分別展開民權及民生建設，進行和平競賽，是對全中華民族最直接、最有效的貢獻，不但能謀求中國統一問題的眞正解決，並能使炎黃子孫在世界舞臺昂首屹立。這才是民族主義的眞諦，也是面對二十一世紀，兩岸執政者不容推卸的責任。

附件十

臺灣地區與大陸地區人民關係條例

民國八十一年七月三十一日總統華總　義字第三七三六號令公布

民國八十一年九月十六日行政院臺八十一法字第三一六六九號令自民國八十一年九月十八日施行

民國八十二年二月三日總統華總　義字第○四五○號令修正公布第十八條條文並經行政院訂定自同年十一月八日施行

民國八十三年九月十六日總統華總　義字第五五四五號令修正公布第六十六條條文並經行政院訂定自同年同月十八日施行

民國八十四年七月十九日總統華總　義字第五一一六號令修正公布第六十六條條文並經行政院訂定自同年同月二十一日施行

民國八十五年七月三十日總統華總　義字第八五００一九０一六０號令修正公布第六十八條條文並經行政院訂定自同年九月十八日施行

民國八十六年五月十四日總統華總　義字第八六００一０九二五０號令公布增訂第二十六條之一、第二十八條之一、第六十七條之一、第七十五條之一及第九十五條之一；並修正第五條、第十條、第十一條、第十五條至第十八條、第二十條、第二十七條、第三十二條、第三十五條、第六十七條、第七十四條、第七十九條、第八十條、第八十三條、第八十五條、第八十六條、第八十八條及第九十六條條文並經行政院訂定自同年七月一日施行

民國八十九年十二月二十日總統華總一義字第八九００三０一一一０號令公布增訂第十七條之一條文；並修正第二條、第十六條及第二十一條條文並經行政院訂定自九十年二月二十日施行

第一章 總則

第一條　國家統一前，爲確保臺灣地區安全與民眾福祉，規範臺灣地區與大陸地區人民之往來，並處理衍生之法律事件，特制定本條例。本條例未規定者，適用其他有關法令之規定。

第二條　本條例用詞，定義如下：

一、臺灣地區：指臺灣、澎湖、金門、馬祖及政府統治權所及之其他地區。

二、大陸地區：指臺灣地區以外之中華民國領土。

三、臺灣地區人民：指在臺灣地區設有戶籍之人民。

四、大陸地區人民：指在大陸地區設有戶籍之人民。。

第三條　本條例關於大陸地區人民之規定，於大陸地區人民旅居國外者，適用之。

第四條　行政院得設立或指定機構或委託民間團體，處理臺灣地區與大陸地區人民往來有關之事務。

前項受託民間團體之監督，以法律定之。

第一項委託辦理事務之辦法，由行政院定

之。

公務員轉任第一項之機構或民間團體者，在該機構或團體服務之年資，於回任公職時，得予採計為公務員年資；本條例施行前已轉任者，亦同。

前項年資採計辦法，由考試院會同行政院定之。

第五條　依前條規定設立或指定之機構或受委託之民間團體，非經主管機關授權，不得與大陸地區法人、團體或其他機構訂定任何形式之協議。

前項協議，應經主管機關核准，始生效力。但協議內容涉及法律之修正或應另以法律定之者，並應經立法院議決。

第六條　為處理臺灣地區與大陸地區人民往來有關之事務，行政院得依對等原則，許可大陸地區之法人、團體或其他機構在臺灣地區設立分支機構。

前項設立許可事項，以法律定之。

第七條　在大陸地區製作之文書，經行政院設立或指定之機構或委託之民間團體驗證者，推定為眞正。

第八條　應於大陸地區送達司法文書或為必要之調查者，司法機關得囑託或委託第四條之機構或民間團體為之。

第二章 行政

第九條　臺灣地區人民進入大陸地區，應向主管機關申請許可。

臺灣地區人民經許可進入大陸地區者，不得從事妨害國家安全或利益之活動。

第一項許可辦法，由內政部擬訂，報請行政院核定後發布之。

第十條　大陸地區人民非經主管機關許可，不得進入臺灣地區。經許可進入臺灣地區之大陸地區人民，不得從事與許可目的不符之活動。

前二項許可辦法，由有關主管機關擬訂，報請行政院核定後發布之。

第十一條　僱用大陸地區人民在臺灣地區工作，應向主管機關申請許可。經許可受僱在臺灣地區工作之大陸地區人民，其受僱期間不得逾一年，並不得轉換雇主及工作。但因雇主關廠、歇業或其他特殊事故，致僱用關係無法繼續時，經主管機關許可者，得轉換雇主及工作。

大陸地區人民因前項但書情形轉換雇主及工作時，其轉換後之受僱期間，與原受僱期間併計。

雇主向行政院勞工委員會申請僱用大陸地區人民工作，應先以合理勞動條件在臺灣地區辦理公開招募，並向公立就業服務機構申請求才登記，無法滿足其需要時，始得就該不足人數提出申請。但應於招募時，將招募內容全文通知其事業單位之工會或勞工，並於大陸地區人民預定工作場所公告之。

僱用大陸地區人民工作時，其勞動契約應以定期契約爲之。

第一項許可及其管理辦法，由行政院勞工委員會會同有關機關擬訂，報請行政院核定後發布之。

第十二條　經許可受僱在臺灣地區工作之大陸地區人民，其眷屬在勞工保險條例實施地區外罹患傷病、生育或死亡時，不得請領各該事故之保險給付。

第十三條　僱用大陸地區人民者，應向行政院勞工委員會所設專戶繳納就業安定費。

前項收費標準及管理運用辦法，由行政院勞工委員會會同財政部擬訂，報請行政院核定後發布之。

第十四條　經許可受僱在臺灣地區工作之大陸地區人

民，違反本條例或其他法令之規定者，主管機關得撤銷其許可。

前項經撤銷許可之大陸地區人民，應限期離境，逾期不離境者，依第十八條規定強制其出境。

前項規定，於中止或終止勞動契約時，適用之。

第十五條　下列行爲不得爲之：

一、使大陸地區人民非法進入臺灣地區。

二、招攬臺灣地區人民未經許可使之進入大陸地區。

三、使大陸地區人民在臺灣地區從事未經許可或與許可目的不符之活動。

四、僱用或留用大陸地區人民在臺灣地區從事未經許可或與許可範圍不符之工作。

五、居間介紹他人爲前款之行爲。

第十六條　大陸地區人民得申請來臺從事商務或觀光活動，其辦法，由主管機關定之。

大陸地區人民有下列情形之一者，得申請在臺灣地區定居：

一、臺灣地區人民之直系血親及配偶，年齡在七十歲以上、十二歲以下者。。

二、其臺灣地區之配偶死亡，須在臺灣地

區照顧未成年之親生子女者。。

三、民國三十四年後，因兵役關係滯留大陸地區之臺籍軍人。

四、民國三十八年政府遷臺後，因作戰或執行特種任務被俘之前國軍官兵。

五、民國三十八年政府遷臺前，以公費派赴大陸地區求學人員。

六、民國三十八年政府遷臺前，赴大陸地區之臺籍人員，在臺灣地區原有戶籍且有直系血親、配偶或兄弟姊妹者。

七、民國七十六年十一月一日前，因船舶故障、海難或其他不可抗力之事由滯留大陸地區，且在臺灣地區原有戶籍之漁民或船員。

大陸地區人民依前項第一款規定，每年申請在臺灣地區定居之數額，得予限制。

依第二項第三款至第七款規定申請者，其大陸地區配偶、直系血親及其配偶，得隨同本人申請在臺灣地區定居；未隨同申請者，得由本人在臺灣地區定居後代為申請。

第十七條　大陸地區人民有左列情形之一者，得申請在臺灣地區居留：

一、臺灣地區人民之配偶，結婚已滿二年

或已生產子女者。

二、其他基於政治、經濟、社會、教育、科技或文化之考量，經主管機關認為確有必要者。

前項第一款情形，臺灣地區之配偶於民國七十六年十一月一日以前重婚者，申請前應經該後婚配偶同意。

大陸地區人民依第一項規定，每年申請在臺灣地區居留之類別及數額，得予限制；其類別及數額，由行政院函請立法院同意後公告之。

依第一項規定申請居留者，在臺灣地區連續居留二年後，得申請定居。

依本條例規定經許可居留者，居留期間內，得在臺灣地區工作。

依第一項第一款許可居留或依第四項許可定居之大陸地區人民，有事實足認係通謀而為虛偽結婚者，撤銷其居留許可或戶籍登記，並強制出境。

大陸地區人民在臺灣地區逾期停留或未經許可入境者，在臺灣地區停留期間，不適用前條及第一項之規定。

前條及第一項申請定居或居留之許可辦法，由內政部會同有關機關擬訂，報請行政院核定後發布之。

第十七條之一　大陸地區人民為臺灣地區人民之配偶，已依前條第一項規定提出居留申請者，其在臺灣地區停留期間內，得向主管機關申請許可可受僱在臺灣地區工作。

主管機關為前項許可時，應考量臺灣地區就業市場情勢、社會公益及家庭經濟因素；其許可及管理辦法，由行政院勞工委員會擬訂，報請行政院核定之。

第十八條　進入臺灣地區之大陸地區人民，有下列情形之一者，治安機關得逕行強制出境。但其所涉案件已進入司法程序者，應先經司法機關之同意。

一、未經許可入境者。
二、經許可入境，已逾停留期限者。
三、從事與許可目的不符之活動或工作者。
四、有事實足認為有犯罪行為者。
五、有事實足認為有危害國家安全或社會安定之虞者。

前項大陸地區人民，於強制出境前，得暫予收容，並得令其從事勞務。

前二項規定，於本條例施行前進入臺灣地區之大陸地區人民，適用之。但其為臺灣地區人民配偶，而結婚於本條例施行前者，得於出境前檢附相關證據申請在臺灣地區居留；其申請案件確定前，除顯無申請理由或證據者外，不得強制其出境。

前項但書之臺灣地區人民配偶，結婚已滿二年或已生產子女者，得申請在臺灣地區定居。其在臺灣地區連續居留滿二年者，亦同。

第一項之強制出境處理辦法及第二項收容處所之設置及管理辦法，由內政部擬訂，報請行政院核定後發布之。

第十九條　臺灣地區人民依規定保證大陸地區人民入境者，於被保證人逾期不離境時，應協助有關機關強制其出境，並負擔因強制出境所支出之費用。

前項費用，得由強制出境機關檢具單據影本及計算書，通知保證人限期繳納，逾期不繳納者，移送法院強制執行。

第二十條　臺灣地區人民有下列情形之一者，應負擔強制出境所需之費用：

一、使大陸地區人民非法入境者。

二、非法僱用大陸地區人民工作者。

三、僱用之大陸地區人民依第十四條第二項或第三項規定強制出境者。

前項費用有數人應負擔者，應負連帶責任。

第一項費用，由強制出境機關檢具單據影本及計算書，通知應負擔人限期繳納；逾期不繳納者，移送法院強制執行。

第二十一條　大陸地區人民經許可進入臺灣地區者，非在臺灣地區設有戶籍滿十年，不得登記爲公職候選人、擔任軍公教或公營事業機關（構）人員及組織政黨。但法律另有規定者，從其規定。

大陸地區人民經許可進入臺灣地區設有戶籍者，得依法令規定擔任大學教職、學術研究機構研究人員或社會教育機構專業人員，不受前項在臺灣地區設有戶籍滿十年之限制。

前項人員不得擔任涉及國家安全或機密科技研究之職務。

第二十二條　臺灣地區人民與經許可在臺灣地區定居之大陸地區人民，在大陸地區接受教育之學歷檢覈及採認辦法，由教育部擬訂，報請行政院核定後發布之。

第二十三條　臺灣地區、大陸地區及其他地區人民、法人、團體或其他機構，不得爲大陸地區之教育機構在臺灣地區辦理招生事宜或從事居間介紹之行爲。

第二十四條　臺灣地區人民、法人、團體或其他機構有大陸地區來源所得者，應併同臺灣地區來源所得課徵所得稅。但其在大陸地區已繳納之稅額，准自應納稅額中扣抵。

前項扣抵之數額，不得超過因加計其大陸地區所得，而依其適用稅率計算增加之應納稅額。

第二十五條　大陸地區人民、法人、團體或其他機構有臺灣地區來源所得者，其應納稅額分別就源扣繳，並應由扣繳義務人於給付時，按規定之扣繳率扣繳，免辦理結算申報。

第二十六條　支領各種月退休（職、伍）給與之退休（職、伍）軍公教及公營事業機關（構）人員，經許可赴大陸地區並擬在大陸地區定居者，依其申請就其原核定退休（職、伍）年資及其申領當月同職等或同官階之現職人員月俸額，計算其應領之一次退休（職、伍）給與爲標準，扣除已領之月退休（職、伍）給與，一次發給其餘額；無餘額或餘額未達其應領之一次退休（職、伍）給與半數者，一律發給其應領一次退休（職、伍）給與之半數。

前項人員在臺灣地區有受其扶養之人者，

申請前應經該受扶養人同意。

第二十六條之一 軍公教及公營事業機關（構）人員，在任職（服役）期間死亡，或支領月退休（職、伍）給與人員，在支領期間死亡，而在臺灣地區無遺族或法定受益人者，其居住大陸地區之遺族或法定受益人，得於各該支領給付人死亡之日起五年內，經許可進入臺灣地區，以書面向主管機關申請領受公務人員或軍人保險死亡給付、一次撫卹金、餘額退伍金或一次撫慰金。但不得請領年撫卹金或月撫慰金；逾期未申請領受者，喪失其權利。

前項保險死亡給付、一次撫卹金、餘額退伍金或一次撫慰金總額，不得逾新臺幣二百萬元。

本條例修正施行前，依法核定保留保險死亡給付、一次撫卹金、餘額退伍金或一次撫慰金者，其居住大陸地區之遺族或法定受益人，應於本條例修正施行之日起五年內，依第一項規定辦理申領，逾期喪失其權利。

民國三十八年以前在大陸地區依法令核定應發給之各項公法給付，其權利人尚未領受或領受中斷者，於國家統一前，不予處理。

第二十七條　行政院國軍退除役官兵輔導委員會安置就養之榮民，經許可進入大陸地區定居者，其原有之就養給付及傷殘撫卹金，仍應發給。

前項發給辦法，由行政院國軍退除役官兵輔導委員會擬訂，報請行政院核定後發布之。

第二十八條　中華民國船舶、航空器及其他運輸工具，非經主管機關許可，不得航行至大陸地區。

前項許可辦法，由交通部會同有關機關擬訂，報請行政院核定後發布之。

第二十八條之一　中華民國船舶、航空器及其他運輸工具，不得私行運送大陸地區人民前往臺灣地區及大陸地區以外之國家或地區。

臺灣地區人民不得利用非中華民國船舶、航空器或其他運輸工具，私行運送大陸地區人民前往臺灣地區及大陸地區以外之國家或地區。

第二十九條　大陸船舶、民用航空器及其他運輸工具，非經主管機關許可，不得進入臺灣地區限制或禁止水域、臺北飛航情報區限制區域。

前項限制或禁止水域及限制區域，由國防部公告之。

第一項許可辦法，由交通部會同有關機關擬訂，報請行政院核定後發布之。

第三十條　外國船舶、民用航空器及其他運輸工具，不得直接航行於臺灣地區與大陸地區港口、機場間；亦不得利用外國船舶、民用航空器及其他運輸工具，經營經第三地區航行於包括臺灣地區與大陸地區港口、機場間之定期航線業務。

前項船舶、民用航空器及其他運輸工具爲大陸地區人民、法人、團體或其他機構所租用、投資或經營者，交通部得限制或禁止其進入臺灣地區港口、機場。

第一項之禁止規定，交通部於必要時得報經行政院核定爲全部或一部之解除。

第三十一條　大陸民用航空器未經許可進入臺北飛航情報區限制進入之區域，執行空防任務機關得警告飛離或採必要之防衛處置。

第三十二條　大陸船舶未經許可進入臺灣地區限制或禁止水域，主管機關得逕行驅離或扣留其船舶、物品，留置其人員或爲必要之防衛處置。

前項扣留之船舶、物品，或留置之人員，

主管機關應於三個月內爲下列之處分：

一、扣留之船舶、物品未涉及違法情事，得發還；若違法情節重大者，得沒入。

二、留置之人員經調查後移送有關機關依本條例第十八條收容遣返或強制其出境。

本條例實施前，扣留之大陸船舶、物品及留置之人員，已由主管機關處理者，依其處理。

第三十三條　臺灣地區人民、法人、團體或其他機構，非經主管機關許可，不得爲大陸地區法人、團體或其他機構之成員或擔任其任何職務；亦不得與大陸地區人民、法人、團體或其他機構聯合設立法人、團體、其他機構或締結聯盟。

前項許可辦法，由有關主管機關擬訂，報請行政院核定後發布之。

本條例施行前，已爲大陸地區法人、團體或其他機構之成員或擔任職務，或已與大陸地區人民、法人、團體或其他機構聯合設立法人、團體、其他機構或締結聯盟者，應自前項許可辦法施行之日起六個月內向主管機關申請許可，逾期未申請或申請未核准者，以未經許可論。

第三十四條　臺灣地區人民、法人、團體或其他機構，非經主管機關許可，不得委託、受託或自行於臺灣地區爲大陸地區物品、勞務或其他事項，從事廣告之進口、製作、發行、代理、播映、刊登或其他促銷推廣活動。

前項許可辦法，由行政院定之。

第三十五條　臺灣地區人民、法人、團體或其他機構，非經主管機關許可，不得在大陸地區從事投資或技術合作，或與大陸地區人民、法人、團體或其他機構從事商業行爲。

臺灣地區與大陸地區貿易，非經主管機關許可，不得爲之。

前二項許可辦法，由有關主管機關擬訂，報請行政院核定後發布之。

本條修正施行前，未經核准從事第一項之投資或技術合作者，應自本條例修正施行之日起三個月內向主管機關申請許可，逾期未申請或申請未核准者，以未經許可論。

第三十六條　臺灣地區金融保險機構及其在臺灣地區以外之國家或地區設立之分支機構，非經主管機關許可，不得與大陸地區之法人、團體、其他機構或其在大陸地區以外國家或地區設立之分支機構有業務上之直接往來。

前項許可辦法，由財政部擬訂，報請行政院核定後發布之。

第三十七條　大陸地區出版品、電影片、錄影節目及廣播電視節目，非經主管機關許可，不得進入臺灣地區，或在臺灣地區發行、製作或播映。

前項許可辦法，由行政院新聞局擬訂，報請行政院核定後發布之。

第三十八條　大陸地區發行之幣券，不得進出入臺灣地區。但於進入時自動向海關申報者，准予攜出。

主管機關於必要時，得訂定辦法，許可大陸地區發行之幣券，進出入臺灣地區。

前項許可辦法，由財政部擬訂，報請行政院核定後發布之。

第三十九條　大陸地區之中華古物，經主管機關許可運入臺灣地區公開陳列、展覽者，得予運出。

前項以外之大陸地區文物、藝術品，違反法令、妨害公共秩序或善良風俗者，主管機關得限制或禁止其在臺灣地區公開陳列、展覽。

第四十條　輸入或攜帶進入臺灣地區之大陸地區物品，以進口論；其檢驗、檢疫、管理、關稅等稅捐之徵收及處理等，依輸入物品有關法令之規定辦理。

第三章 民事

第四十一條　臺灣地區人民與大陸地區人民間之民事事件，除本條例另有規定外，適用臺灣地區之法律。

大陸地區人民相互間及其與外國人間之民事事件，除本條例另有規定外，適用大陸地區之規定。

本章所稱行爲地、訂約地、發生地、履行地、所在地、訴訟地或仲裁地，指在臺灣地區或大陸地區。

第四十二條　依本條例規定應適用大陸地區之規定時，如該地區內各地方有不同規定者，依當事人戶籍地之規定。

第四十三條　依本條例規定應適用大陸地區之規定時，如大陸地區就該法律關係無明文規定或依其規定應適用臺灣地區之法律者，適用臺灣地區之法律。

第四十四條	依本條例規定應適用大陸地區之規定時，如其規定有背於臺灣地區之公共秩序或善良風俗者，適用臺灣地區之法律。
第四十五條	民事法律關係之行爲地或事實發生地跨連臺灣地區與大陸地區者，以臺灣地區爲行爲地或事實發生地。
第四十六條	大陸地區人民之行爲能力，依該地區之規定。但未成年人已結婚者，就其在臺灣地區之法律行爲，視爲有行爲能力。 大陸地區之法人、團體或其他機構，其權利能力及行爲能力，依該地區之規定。
第四十七條	法律行爲之方式，依該行爲所應適用之規定。但依行爲地之規定所定之方式者，亦爲有效。 物權之法律行爲，其方式依物之所在地之規定。 行使或保全票據上權利之法律行爲，其方式依行爲地之規定。
第四十八條	債之契約依訂約地之規定。但當事人另有約定者，從其約定。 前項訂約地不明而當事人又無約定者，依履行地之規定，履行地不明者，依訴訟地或仲裁地之規定。
第四十九條	關於在大陸地區由無因管理、不當得利或

其他法律事實而生之債，依大陸地區之規定。

第五十條　侵權行爲依損害發生地之規定。但臺灣地區之法律不認其爲侵權行爲者，不適用之。

第五十一條　物權依物之所在地之規定。

關於以權利爲標的之物權，依權利成立地之規定。

物之所在地如有變更，其物權之得喪，依其原因事實完成時之所在地之規定。

船舶之物權，依船籍登記地之規定；航空器之物權，依航空器登記地之規定。

第五十二條　結婚或兩願離婚之方式及其他要件，依行爲地之規定。判決離婚之事由，依臺灣地區之法律。

第五十三條　夫妻之一方爲臺灣地區人民，一方爲大陸地區人民者，其結婚或離婚之效力，依臺灣地區之法律。

第五十四條　臺灣地區人民與大陸地區人民在大陸地區結婚，其夫妻財產制，依該地區之規定。但在臺灣地區之財產，適用臺灣地區之法律。

第五十五條　非婚生子女認領之成立要件，依各該認領人被認領人認領時設籍地區之規定。

認領之效力，依認領人設籍地區之規定。

第五十六條　收養之成立及終止，依各該收養者被收養者設籍地區之規定。收養之效力，依收養者設籍地區之規定。

第五十七條　父母之一方爲臺灣地區人民，一方爲大陸地區人民者，其與子女間之法律關係，依父設籍地區之規定，無父或父爲贅夫者，依母設籍地區之規定。

第五十八條　受監護人爲大陸地區人民者，關於監護，依該地區之規定。但受監護人在臺灣地區有居所者，依臺灣地區之法律。

第五十九條　扶養之義務，依扶養義務人設籍地區之規定。

第六十條　被繼承人爲大陸地區人民者，關於繼承，依該地區之規定。但在臺灣地區之遺產，適用臺灣地區之法律。

第六十一條　大陸地區人民之遺囑，其成立或撤回之要件及效力，依該地區之規定。但以遺囑就其在臺灣地區之財產爲贈與者，適用臺灣地區之法律。

第六十二條　大陸地區人民之捐助行爲，其成立或撤回之要件及效力，依該地區之規定。但捐助財產在臺灣地區者，適用臺灣地區之法律。

第六十三條　本條例施行前，臺灣地區人民與大陸地區人民間、大陸地區人民相互間及其與外國人間，在大陸地區成立之民事法律關係及因此取得之權利、負擔之義務，以不違背臺灣地區公共秩序或善良風俗者為限，承認其效力。

前項規定，於本條例施行前已另有法令限制其權利之行使或移轉者，不適用之。

國家統一前，下列債務不予處理：

一、民國三十八年以前在大陸發行尚未清償之外幣債券及民國三十八年黃金短期公債。

二、國家行局及收受存款之金融機構在大陸撤退前所有各項債務。

第六十四條　夫妻因一方在臺灣地區，一方在大陸地區，不能同居，而一方於民國七十四年六月四日以前重婚者，利害關係人不得聲請撤銷；其於七十四年六月五日以後七十六年十一月一日以前重婚者，該後婚視為有效。

前項情形，如夫妻雙方均重婚者，於後婚者重婚之日起，原婚姻關係消滅。

第六十五條　臺灣地區人民收養大陸地區人民為養子女，除依民法第一千零七十九條第五項規定外，有下列情形之一者，法院亦應不予認可：

一、已有子女或養子女者。

二、同時收養二人以上爲養子女者。

三、未經行政院設立或指定之機構或委託之民間團體驗證收養之事實者。

第六十六條　大陸地區人民繼承臺灣地區人民之遺產，應於繼承開始起三年內以書面向被繼承人住所地之法院爲繼承之表示；逾期視爲拋棄其繼承權。

大陸地區人民繼承本條例施行前已由主管機關處理，且在臺灣地區無繼承人之現役軍人或退除役官兵遺產者，前項繼承表示之期間爲四年。

繼承在本條例施行前開始者，前二項期間自本條例施行之日起算。

第六十七條　被繼承人在臺灣地區之遺產，由大陸地區人民依法繼承者，其所得財產總額，每人不得逾新臺幣二百萬元。超過部分，歸屬臺灣地區同爲繼承之人；臺灣地區無同爲繼承之人者，歸屬臺灣地區後順序之繼承人；臺灣地區無繼承人者，歸屬國庫。

前項遺產，在本條例施行前已依法歸屬國庫者，不適用本條例之規定。其依法令以保管款專戶暫為存儲者，仍依本條例之規定辦理。

遺囑人以其在臺灣地區之財產遺贈大陸地區人民、法人、團體或其他機構者，其總額不得逾新臺幣二百萬元。

第一項遺產中，有以不動產為標的者，應將大陸地區繼承人之繼承權利折算為價額。但其為臺灣地區繼承人賴以居住之不動產者，大陸地區繼承人不得繼承之，於定大陸地區繼承人應得部分時，其價額不計入遺產總額。

第六十七條之一　前條第一項之遺產事件，其繼承人全部為大陸地區人民者，除應適用第六十八條之情形者外，由繼承人、利害關係人或檢察官聲請法院指定財政部國有財產局為遺產管理人，管理其遺產。

被繼承人之遺產依法應登記者，遺產管理人應向該管登記機關登記。

第一項遺產管理辦法，由財政部擬訂，報請行政院核定後發布之。

第六十八條　現役軍人或退除役官兵死亡而無繼承人、繼承人之有無不明或繼承人因故不能管理遺產者，由主管機關管理其遺產。

前項遺產事件，在本條例施行前，已由主

管機關處理者，依其處理。

第一項遺產管理辦法，由國防部及行政院國軍退除役官兵輔導委員會分別擬訂，報請行政院核定後發布之。

本條例修正施行前，大陸地區人民未於第六十六條所定期限內完成繼承之第一項及第二項遺產，由主管機關逕行捐助設置財團法人榮民榮眷基金會，辦理下列業務，不受前條第一項歸屬國庫規定之限制：

一、亡故現役軍人或退除役官兵在大陸地區繼承人申請遺產之核發事項。

二、榮民重大災害救助事項。

三、清寒榮民子女教育獎助學金及教育補助事項。

四、其他有關榮民、榮眷福利及服務事項。

依前項第一款申請遺產核發者，以其亡故現役軍人或退除役官兵遺產，已納入財團法人榮民榮眷基金會者爲限。

財團法人榮民榮眷基金會章程，由行政院國軍退除役官兵輔導委員會擬訂，報請行政院核定之。

第六十九條　大陸地區人民不得在臺灣地區取得或設定不動產物權，亦不得承租土地法第十七條所列各款之土地。

第七十條　未經許可之大陸地區法人、團體或其他機構，不得在臺灣地區爲法律行爲。

第七十一條　未經許可之大陸地區法人、團體或其他機構，以其名義在臺灣地區與他人爲法律行爲者，其行爲人就該法律行爲，應與該大陸地區法人、團體或其他機構，負連帶責任。

第七十二條　大陸地區人民、法人、團體或其他機構，非經主管機關許可，不得爲臺灣地區法人、團體或其他機構之成員或擔任其任何職務。

前項許可辦法，由有關主管機關擬訂，報請行政院核定後發布之。

第七十三條　大陸地區人民、法人、團體或其他機構，持有股份超過百分之二十之外國公司，得不予認許。經認許者，得撤銷之。

外國公司主要影響力之股東爲大陸地區人民、法人、團體或其他機構者，亦同。

第七十四條　在大陸地區作成之民事確定裁判、民事仲裁判斷，不違背臺灣地區公共秩序或善良風俗者，得聲請法院裁定認可。

前項經法院裁定認可之裁判或判斷，以給付爲內容者，得爲執行名義。

前二項規定，以在臺灣地區作成之民事確定裁判、民事仲裁判斷，得聲請大陸地區法院裁定認可或為執行名義者，始適用之。

第四章 刑事

第七十五條　在大陸地區或在大陸船艦、航空器內犯罪，雖在大陸地區曾受處罰，仍得依法處斷。但得免其刑之全部或一部之執行。

第七十五條之一　大陸地區人民於犯罪後出境，致不能到庭者，法院得於其能到庭以前停止審判。但顯有應諭知無罪或免刑判決之情形者，得不待其到庭，逕行判決。

第七十六條　配偶之一方在臺灣地區，一方在大陸地區，而於民國七十六年十一月一日以前重為婚姻或與非配偶以共同生活為目的而同居者，免予追訴、處罰；其相婚或與同居者，亦同。

第七十七條　大陸地區人民在臺灣地區以外之地區，犯內亂罪、外患罪，經許可進入臺灣地區，而於申請時據實申報者，免予追訴、處罰；其進入臺灣地區參加主管機關核准舉辦之會議或活動，經專案許可免予申報者，亦同。

第七十八條　大陸地區人民之著作權或其他權利在臺灣地區受侵害者，其告訴或自訴之權利，以臺灣地區人民得在大陸地區享有同等訴訟權利者為限。

第五章　罰則

第七十九條　違反第十五條第一款規定者，處五年以下有期徒刑、拘役或科或併科新臺幣五十萬元以下罰金。

以犯前項之罪為常業者，處一年以上七年以下有期徒刑，得併科新臺幣一百萬元以下罰金。

第一項之未遂犯罰之。

第八十條　中華民國船舶、航空器或其他運輸工具所有人、營運人或船長、機長、其他運輸工具駕駛人違反第二十八條第一項規定或違反第二十八條之一第一項規定或臺灣地區人民違反第二十八條之一第二項規定者，處三年以下有期徒刑、拘役或科或併科新臺幣一百萬元以上一千五百萬元以下罰金。但行爲係出於中華民國船舶、航空器或其他運輸工具之船長或機長或駕駛人自行決定者，處罰船長或機長或駕駛人。

前項中華民國船舶、航空器或其他運輸工具之所有人或營運人爲法人者，除處罰行爲人外，對該法人並科以前項所定之罰金。但法人之代表人對於違反之發生，已盡力爲防止之行爲者，不在此限。

刑法第七條之規定，對於第一項臺灣地區人民在中華民國領域外私行運送大陸地區人民前往臺灣地區及大陸地區以外之國家或地區者，不適用之。

第一項情形，主管機關得處該中華民國船舶、航空器或其他運輸工具一定期間之停航，或註銷、撤銷其有關證照，並得停止或撤銷該船長、機長或駕駛人之執業證照或資格。

第八十一條　違反第三十六條規定未經許可直接往來者，其參與決定之人，處三年以下有期徒刑、拘役或科或併科新臺幣一百萬元以上一千五百萬元以下罰金。

前項情形，除處罰參與決定之人外，對該金融保險機構並科以前項所定之罰金。

前二項之規定，於在中華民國領域外犯罪

者，適用之。

第八十二條　違反第二十三條規定從事招生或居間介紹行爲者，處三年以下有期徒刑、拘役或科或併科新臺幣一百萬元以下罰金。

第八十三條　違反第十五條第四款或第五款規定者，處二年以下有期徒刑、拘役或科或併科新臺幣三十萬元以下罰金。

意圖營利而違反第十五條第五款規定者，處三年以下有期徒刑、拘役或科或併科新臺幣六十萬元以下罰金。

以犯前項之罪爲常業者，處五年以下有期徒刑，得併科新臺幣六十萬元以下罰金。

法人之代表人、法人或自然人之代理人、受僱人或其他從業人員，因執行業務犯前三項之罪者，除處罰行爲人外，對該法人或自然人並科以前三項所定之罰金。但法人之代表人或自然人對於違反之發生，已盡力爲防止行爲者，不在此限。

第八十四條　違反第十五條第二款規定者，處六月以下有期徒刑、拘役或科或併科新臺幣十萬元以下罰金。

法人之代表人、法人或自然人之代理人、受僱人或其他從業人員，因執行業務犯前項之罪者，除處罰行爲人外，對該法人或自然人並科以前項所定之罰金。但法人之代表人或自然人對於違反之發生，已盡力為防止行為者，不在此限。

第八十五條　違反第三十條第一項規定者，處新臺幣三百萬元以上一千五百萬元以下罰鍰，並得禁止該船舶、民用航空器或其他運輸工具所有人、營運人之所屬船舶、民用航空器或其他運輸工具，於一定期間內進入臺灣地區港口、機場。

前項所有人或營運人，如在臺灣地區未設立分公司者，於處分確定後，主管機關得限制其所屬船舶、民用航空器或其他運輸工具駛離臺灣地區港口、機場，至繳清罰鍰為止。但提供與罰鍰同額擔保者，不在此限。

第八十六條　違反第三十五條第一項規定從事投資、技術合作或商業行為者，處新臺幣一百萬元以上五百萬元以下罰鍰，並限期命其停止投資、技術合作或商業行為；逾期不停止者，得連續處罰。

違反第三十五條第二項規定從事貿易行為者，除依其他法律規定處罰外，主管機關得停止其二個月以上一年以下輸出入貨品或撤銷其出進口廠商登記。

第八十七條　違反第十五條第三款規定者，處新臺幣二十萬元以上一百萬元以下罰鍰。

第八十八條　違反第三十七條規定者，處新臺幣四萬元以上二十萬元以下罰鍰。

前項出版品、電影片、錄影節目或廣播電視節目，不問屬於何人所有，沒入之。

第八十九條　違反第三十四條第一項規定者，處新臺幣十萬元以上五十萬元以下罰鍰。

前項廣告，不問屬於何人所有或持有，得沒入之。

第九十條　違反第三十三條第一項規定者，處新臺幣十萬元以上五十萬元以下罰鍰。

第九十一條　違反第九條第一項規定者，處新臺幣二萬元以上十萬元以下罰鍰。

第九十二條　違反第三十八條第一項規定，未經申報之幣券，由海關沒入之。

第九十三條　違反依第三十九條第二項規定所發之限制或禁止命令者，其文物或藝術品，由主管機關沒入之。

第九十四條　本條例所定罰鍰，由主管機關處罰；經通知繳納逾期不繳納者，移送法院強制執行。

第六章 附則

第九十五條　主管機關於實施臺灣地區與大陸地區直接通商、通航及大陸地區人民進入臺灣地區工作前，應經立法院決議；立法院如於會期內一個月未爲決議，視爲同意。

第九十五條之一　各主管機關依本條例規定受理申請許可、核發證照，得收取審查費、證照費；其收費標準由各主管機關定之。

第九十六條　本條例施行細則及施行日期，由行政院定之。

本條例修正條文施行日期，由行政院定之。

兩岸關係——陳水扁的大陸政策　　亞太研究系列 14

著　　者／邵宗海
出 版 者／生智文化事業有限公司
發 行 者／林新倫
登 記 證／局版北市業字第 677 號
地　　址／台北市新生南路三段 88 號 5 樓之 6
電　　話／886-2-23660309　　886-2-23660313
傳　　眞／(02)23660310
網　　址／http://www.ycrc.com.tw
E-mail／tn605541@ms6.tisnet.net.tw
印　　刷／鼎易印刷事業股份有限公司
法律顧問／北辰著作權事務所　蕭雄淋律師
初版二刷／2001 年 12 月
定　　價／新臺幣 250 元
I S B N:957-818-329-1

北區總經銷／揚智文化事業股份有限公司
地　　址／台北市新生南路三段 88 號 5 樓之 6
電　　話／(02)2366-0309　　2366-0313
傳　　眞／(02)2366-0310

國家圖書館出版品預行編目資料

兩岸關係：陳水扁的大陸政策 / 邵宗海著.
--初版. --臺北市：生智, 2001[民 90]
面；　公分. –(亞太研究系列；14)

ISBN 957-818-329-1(平裝)

1.政治 - 中國　2.兩岸關係

873.09　　　　90015897